HEYNE <

Zum Buch

Nach dem Tod seiner Eltern hat sich der Krieger Talon ganz dem Schutz der Pantera gewidmet. Loyalität und Ehre bedeuten ihm alles. Und so zögert er auch keine Sekunde, Isi Rousseau als Feindin zu betrachten. Wenn der Ältestenrat in ihr eine Gefahr sieht, wird Talon alles tun, um Isi aufzuhalten. Doch schon der erste Blick auf die schlafende Schönheit erweckt eine nie gekannte Sehnsucht in ihm, und Talon erkennt die schockierende Wahrheit: Isi ist seine ihm vorherbestimmte Seelengefährtin. Hin und her gerissen zwischen kühler Vernunft und brennender Leidenschaft, muss Talon eine folgenschwere Entscheidung treffen ...

Der Einzige, der Talon in dieser schweren Zeit zur Seite stehen könnte, ist Xavier, der ebenso attraktive wie geniale Computerexperte der Pantera. Doch auch Xavier selbst steht an einem Scheideweg: Seit Jahren schon liebt er die heißblütige Amalie, die kleine Schwester seines besten Freundes. Eine Liebe, die nach den Gesetzen der Pantera tabu ist. Amalie hingegen ist eine Frau, die sich nimmt, was sie will – und sie will Xavier ...

Die Autorinnen

Unter dem Pseudonym **Alexandra Ivy** veröffentlicht die bekannte Regency-Liebesroman-Autorin Deborah Raleigh ihre Vampirromane. Ihre international erfolgreiche *Guardians-of-Eternity*-Reihe umfasst bereits zwölf Bände und steht regelmäßig auf der *SPIEGEL*-Bestsellerliste. Alexandra Ivy lebt mit ihrer Familie in Missouri.

Laura Wright ist in Minnesota aufgewachsen, wo sie auch ihre Liebe zu romantischen Geschichten entdeckte. Mit ihren Romanen erobert sie regelmäßig die *New York Times*- und *USA Today*-Bestsellerliste. Die Autorin lebt mit ihrem Mann und ihren Kindern in Los Angeles.

ALEXANDRA IVY
LAURA WRIGHT

BAYOU HEAT

TALON & XAVIER

Deutsche Erstausgabe

WILHELM HEYNE VERLAG
MÜNCHEN

Titel der amerikanischen Originalausgabe
BAYOU HEAT – TALON/XAVIER
Deutsche Übersetzung von Cornelia Röser

FSC
www.fsc.org
MIX
Papier aus verantwortungsvollen Quellen
FSC® C014496

Verlagsgruppe Random House FSC® N001967
Das für dieses Buch verwendete FSC®-zertifizierte Papier
Holmen Book Cream liefert Holmen Paper, Hallstavik, Schweden.

Deutsche Erstausgabe 02/2016
Redaktion: Andrea Manteau

Printed in Germany
Umschlaggestaltung: Nele Schütz Design, München,
unter Verwendung von shutterstock / Artem Furman
Satz: Greiner & Reichel, Köln
Druck und Bindung: GGP Media GmbH, Pößneck
ISBN 978-3-453-31675-1

ERSTES BUCH

Talon

von
Alexandra Ivy

Prolog

Louisiana, 1988

Schon ein kräftiger Windstoß hätte ausgereicht, um das im dichten Unterholz verborgene Haus zum Einsturz zu bringen.

Das Holz der schäbigen Hütte hatte sich durch das feuchte Wetter hier in Louisiana verzogen, als Dach diente nur ein dünnes rostiges Blech, und die Fensterläden waren morsch. Zu allem Überfluss war die Veranda an einem Ende abgesackt, wodurch das Haus an ein billiges Gruselkabinett erinnerte.

Nicht unbedingt der Ort, den man sich für die Geburt seiner Töchter ausgesucht hätte.

Aber was blieb Chayton für eine Wahl?

Leise fluchend zog er seine Kreise durch das dichte Gras, das seine kniehohen Mokassins mit Tau benetzte. In seinen Adern floss das Blut der Chitimacha-Indianer, daher trug Chayton am liebsten weiche Lederhosen und eine Weste, die seine Mutter mit Perlen bestickt hatte. Die glänzenden, dunklen Haare fielen ihm in einem Zopf bis auf die Hüfte, und das Auffälligste an seinem hageren Gesicht waren die vorstehende Nase und die dunklen Augen, die fast schwarz aussahen. Er hielt einen Bogen in der Hand, und auf dem Rücken trug er einen Köcher mit Pfeilen.

Er war immer auf der Hut.

Unablässig, seit er diese Vision gehabt hatte und seitdem mit seiner Frau auf der Flucht war.

Bei der Erinnerung an jenen schicksalhaften Tag bohrte sich die vertraute Angst wie ein Speer in sein Herz.

Damals war er auf Anforderung der Ältesten in die Wildlands gekommen – als einer der wenigen Menschen, denen der Zutritt zum abgelegenen Zufluchtsort der geheimnisvollen Pantera gewährt wurde. Dieses Privileg verdankte er zunächst seiner Stellung als Schamane, denn ebenso wie sein Vater verfügte er über die Gabe, Kontakt mit der Geisterwelt aufzunehmen.

Dank dieser Fähigkeit hatte er eine höhere Lebenserwartung als die meisten anderen Menschen und zudem das ungewöhnliche Talent, die jeweilige Fraktion ungeborener Pantera-Kinder zu erspüren. Man rief ihn, wenn eine Frau kurz vor der Niederkunft stand, damit er voraussagte, ob das Kind ein Diplomat, ein Jäger oder ein Heiler werden würde, denn die Pantera begannen von der Wiege an mit der Ausbildung ihrer Jungen. Zumindest hatte man ihn früher gerufen, bis irgendwann keine Kinder mehr gekommen waren.

Damit hätte seine Verbindung zu den Wildlands beendet sein sollen, doch bei einem seiner Besuche war er auf eine Gabe gestoßen, die man unter Schamanen bis dahin nur für ein Gerücht gehalten hatte.

Er konnte mehr, als nur einen flüchtigen Blick in die Zukunft der Pantera zu werfen.

Er war tatsächlich ein Seher.

Seine Prophezeiungen waren oft vage und manchmal unmöglich zu deuten, aber sie waren konkret genug, dass ihn die Ältesten in die Wildlands einberiefen, als sie über eine Entscheidung mit weitreichenden Auswirkungen auf ihr ganzes Volk beraten mussten. Umgeben von der Magie der Wildlands hatte er die Mächte seiner Vorfahren angerufen, um einen Blick in die Zukunft werfen zu dürfen, der den Pantera den richtigen Weg weisen sollte.

Er setzte diese Kraft nur in großer Not ein.

Ein Portal zur Welt der Vorfahren zu öffnen, war nicht nur für ihn selbst gefährlich, es konnte auch bösen Geistern helfen, in die Welt der Menschen zu entfliehen.

Wie sehr verfluchte er sich dafür, dass er nicht Nein gesagt hatte, als die Ältesten ihn vor etwa sechs Monaten abermals gerufen hatten. Noch nie zuvor hatte er eine so deutliche Vision gehabt, geschweige denn eine, die sich so unmittelbar auf ihn bezog.

Zum Glück wurde er aus seinen düsteren Gedanken gerissen, als die Hebamme auf die Veranda hinaustrat. Die kleine, dünne Frau, die ein wenig wie eine vertrocknete Backpflaume aussah, wurde von den Einheimischen JuJu genannt.

»Geschafft«, sagte sie kurz angebunden und wischte sich die Hände an ihrer blutigen Schürze ab.

Sie hatte das Zartgefühl einer Klapperschlange.

Chayton trat auf sie zu. »Wie geht es meiner Frau?«

»Sie ist schwach. Aber sie wird es überleben.«

»Und die Babys?«

»Beide gesund.« Die Frau streckte die vom Alter knorrige Hand aus. »Hast du mein Geld?«

Chayton nahm das kostbare Geld, das er mit dem Verkauf der Pelze erlegter Tiere verdient hatte, aus seiner Westentasche. Er hatte es nicht gewagt, eine Arbeit anzunehmen, für die er Formulare hätte ausfüllen müssen.

Formulare konnten zurückverfolgt werden.

Er hielt das Geld fest in der Hand. »Kein Wort über diese Geburt«, knurrte er mit hartem, warnendem Blick. »Zu niemandem.«

In dem dunklen, wettergegerbten Gesicht blitzte Gerissenheit auf. »Das kostet extra.«

»Also gut.« Chayton legte einen weiteren Fünfziger drauf, den er sich gar nicht leisten konnte. »Ich habe dein Wort.«

»Das hast du.« JuJu riss ihm das Geld aus der Hand und stopfte es sich in die Schürzentasche. »Willst du deine Kinder sehen?«

»Ja.«

Doch schon nach dem ersten Schritt blieb Chayton wie angewurzelt stehen, als er zwischen den Bäumen eine weibliche Stimme hörte.

»Wir alle möchten die Kinder sehen.«

Mit einer einzigen, flüssigen Bewegung hatte er einen Pfeil in den Bogen gespannt und zielte auf den eigenartigen Nebel, der ihm entgegenwogte.

»Bleibt zurück«, fauchte er. Vor Furcht zog sich ihm der Magen zusammen, als sich der Nebel lichtete und drei Frauen mit grimmiger Entschlossenheit auf ihn zukamen.

Die Ältesten.

Bisher hatte er sie nur in ihrer Pumaform gesehen, doch hier, außerhalb der Wildlands, mussten sie menschliche Gestalt annehmen. Dennoch war es fast unmöglich, ihre Gesichter zu erkennen, da sie ihre Kräfte bewusst dazu benutzten, seine Wahrnehmung zu manipulieren. Niemand hätte später mehr beschreiben können als drei schlanke Frauengestalten und eine erdrückende magische Kraft, die einem das Atmen schwer machte.

Chayton kämpfte sich durch den Nebel in seinem Kopf und machte sich zum Kampf bereit. Eher würden diese Biester sterben, als dass sie seinen Kindern etwas zuleide taten.

Ganz auf seinen Schuss konzentriert, war er nicht auf den Schlag gefasst, der ihn hinterrücks traf. Zwei große Männer stießen ihn zu Boden und rissen ihm den Bogen aus der Hand. Dann, nachdem sie ihm die Arme schmerzhaft auf dem Rücken gefesselt hatten, richteten sie ihn ruckartig wieder auf.

Ein Blick zur Seite bestätigte seine größte Furcht.

Zwei dunkelhaarige Männer, deren Augen im schwächer werdenden Licht golden glühten.

Pantera-Jäger.

Die Ältesten warteten, bis sie sicher waren, dass die Jäger Chayton in ihrer Gewalt hatten, und wandten sich dann an die verblüffte Hebamme.

»Bring uns zu den Kindern«, befahlen sie im Chor.

»Ja.« JuJu stand eindeutig unter dem Einfluss der Ältesten, sie drehte sich um und ging mit leerem Blick in den Schuppen.

Der Nebel glitzerte, die Ältesten folgten der Hebamme und winkten den stummen Jägern, ihnen zu folgen.

»Bringt ihn rein.«

Chayton wurde grob die Stufen hinaufgestoßen und über die Veranda geschoben. Ein paar Stöße später hatte er das kahle Wohnzimmer durchquert und stand im Schlafzimmer.

Ihm stockte der Atem, als er seine Frau auf dem Bett sah. Zitternd lag sie unter einem fadenscheinigen Quilt, ihr helles Haar war schweißnass, und sie hielt zwei winzige Bündel in den Armen, eingehüllt in die Decken, die Chayton von seiner Mutter zu seiner eigenen Geburt bekommen hatte.

Sie wandte das schmale Gesicht in seine Richtung. Die letzten Monate waren hart für Dixie gewesen. Sie hatte geglaubt, die Hochzeit mit ihm würde ihr Ansehen und ein hübsches Haus in der kleinen Stadt La Pierre einbringen. Stattdessen hatte sie eine schwierige Schwangerschaft durchgemacht und sich wie seine Vorfahren von dem ernähren müssen, was die Natur hergab.

Ihre Augen weiteten sich vor Verwirrung. »Chayton? Was ist hier los?«

»Welches ist das Erstgeborene?«, fragten die Ältesten.

Die Hebamme nahm Dixie eines der beiden Babys aus den Armen und zog die Decke ein Stück herunter, um das kleine Muttermal am Schlüsselbein freizulegen.

»Dieses hier.«

Entsetzen machte sich breit, als alle Augen den dunklen Fleck auf der milchweißen Haut anstarrten. Selbst Chayton spürte einen Stich des Unbehagens.

»Beim schwarzen Raben«, hauchten die Ältesten.

Shakpis Zeichen.

Nein. Das war nur ein Muttermal. Es lag in der Natur des Menschen, Formen in etwas erkennen zu wollen, das nicht mehr als ein Fleck war.

Chayton nutzte den Moment, in dem die beiden Jäger abgelenkt waren, riss sich von ihnen los und stürzte sich auf JuJu, um ihr das Baby zu entreißen.

»Nein!«, rief er heiser.

Dixie packte ihn am Saum seiner Weste. »Was tun diese Leute hier?«

Die Ältesten stießen ein tiefes Zischen aus. »Dieses Kind ist vom Schicksal dazu bestimmt, unser Land zu vernichten«, sagten sie.

»Was?« Dixies Stimme klang schrill vor Angst. »Sie ist doch nur ein Baby.«

Chayton drückte das Kind an seine Brust. Es war das erste Mal, dass er diese süße Last in den Armen halten durfte, aber geliebt hatte er seine Töchter schon von dem Moment an, als er die Empfängnis bei Dixie gespürt hatte. Um sie zu beschützen, würde er alles opfern. Sogar die Zukunft der Pantera.

»Wir wissen nicht, ob die Vision wirklich diese Bedeutung hatte«, krächzte er.

»Was sollte sie sonst bedeuten?«, fragten die Ältesten und zitierten damit seine eigenen Worte. »Das Blut des erstgeborenen Kindes des Schamanen soll von Shakpi infiziert sein und ihre Macht über das Land der Pantera bringen.«

Kopfschüttelnd wich er zurück. »Ihr habt mich gerufen, weil eure Magie bereits nachließ. Wie kann ein neugeborenes Kind dafür verantwortlich sein?«

»Wer weiß?« Dicht unter der Oberfläche glaubte er, Frustration brodeln zu spüren, obwohl die Ältesten ihn weiterhin daran hinderten, hinter den Schleier ihrer Magie zu blicken. Er war weniger anfällig für ihre mystischen Kräfte als die meisten Menschen, und es machte ihn rasend, dass sie ihre Gesichter vor ihm verborgen halten konnten. Aber vielleicht reagierte er auch nur so, weil sie seine Tochter töten wollten. »Womöglich haben wir in unseren Pflichten versagt«, fuhren die Ältesten fort. »Oder Shakpis Gefängnis hat mit der Zeit an Kraft verloren.«

»Ihr würdet das Leben eines Kindes wegen ein paar schwammiger Worte opfern, die alles und nichts bedeuten könnten?« Unauffällig wich er Stück für Stück zurück, bis er die Tür dicht hinter sich spürte.

»Wir müssen die Wildlands beschützen.«

»Für diese Bedenken ist es jetzt ein bisschen spät, findet ihr nicht?«, sagte er vorwurfsvoll.

Die Pantera erschraken. »Wie meinst du das?«, wollten sie wissen.

Chayton hob das Kinn. Er hatte Zeit gehabt, die letzten Monate zu überdenken. Wie ihm jetzt bewusst wurde, mussten die Ältesten die ganze Zeit gewusst haben, welche Gefahr es für ihn bedeutet hatte, ein Tor ins Reich der Toten zu öffnen. Zweifellos war das der Grund dafür, dass sie diese gefährliche Zeremonie den wenigen magiebegabten Menschen überließen, anstatt sie von einem Pantera durchführen zu lassen.

»In eurer Besessenheit, das Schicksal eures Volks zu lenken, habt ihr mich zu oft gezwungen, zu den Vorfahren zu reisen. Damit habt ihr erst möglich gemacht, dass etwas Böses freigesetzt wurde«, warf er ihnen vor.

Die Luft heizte sich mit dem Zorn der Ältesten auf. »Es ist wahr, wir haben über die Möglichkeit gesprochen, dass Shakpi deine Reisen in die Geisterwelt benutzt haben könnte, um dich und dein Kind zu infizieren.«

Rasende Wut durchfuhr Chayton. »Euer Hochmut

ist schuld an dieser Katastrophe, und trotzdem wollt ihr ein unschuldiges Kind benutzen, um euren Arsch zu retten?«

Die Ältesten reagierten auf diesen Vorwurf mit einem ungläubigen Zischen, bevor sie auf Chayton zugingen. »Das Opfer ist notwendig. Gib uns das Kind.«

»Opfer?« Dixie drückte den jüngeren Zwilling fest an sich, Röte stieg ihr ins Gesicht. »Chayton, erklär mir, was hier vor sich geht.«

Der Nebel schillerte, als wäre er über diese Unterbrechung verärgert. »Schlaf«, flüsterten die Ältesten.

Sofort fiel Dixie in einen tiefen Schlummer, das andere Baby immer noch fest an sich gedrückt.

Chayton unterdrückte einen Fluch, als er sah, wie bereitwillig seine Frau auf den Befehl der Ältesten reagierte. Dann überkam ihn ganz plötzlich und ohne Vorwarnung ein verrückter Plan.

Seine magischen Kräfte waren begrenzt, aber er hatte von seinem Vater einen kleinen Trick gelernt.

Als alle Aufmerksamkeit auf der schlafenden Dixie ruhte, zog er einen kleinen Feuerstein aus der Tasche, den er stets bei sich trug. Er konzentrierte seine Gedanken auf das kantige Stück Quarz, bis er spürte, wie es in seinen Händen heiß wurde. Voller Verzweiflung ließ er seine ganze Zauberkraft in den Stein fließen. Als die Hitze ihm die Haut versengte, murmelte er ein uraltes Zauberwort und schleuderte den Stein auf die Ältesten.

Sofort explodierte der Stein in einer gleißenden, weißen Flamme.

Die Ältesten schrien vor Schreck auf, während die beiden Jäger eilig versuchten, das sehr reale Feuer auszutreten.

Im gleichen Moment war Chayton aus der Tür und rannte aus dem Haus. Er sprang von der Veranda und verschwand in den nahe gelegenen Wäldern, bevor die Jäger seine Fährte aufnehmen konnten.

Unter normalen Umständen hätte ein Mensch keine Chance gegen die tödlichen Pantera gehabt.

Selbst in ihren Menschenkörpern waren sie stärker und schneller, und ihre Sinne waren schärfer.

Aber Chayton war kein normaler Mensch. Er hatte von seinem Vater gelernt, eins mit der Natur zu werden und sich mit geschmeidiger Leichtigkeit auf schwierigem Untergrund zu bewegen. Und was noch wichtiger war: Er kannte sich in dieser Gegend viel besser aus als seine Verfolger.

Er wählte einen Weg durch sumpfiges Gebiet, das seine Fußspuren verschlucken und seinen Geruch überdecken würde, und rannte eine ganze Stunde lang, so schnell ihn seine Beine trugen. Erst als er ganz sicher war, dass die Jäger nicht von hinten über ihn herfallen würden, machte er eine Pause, um das Kind in seinen Armen vorsichtig aus seiner Decke zu wickeln.

Kurz ließ er sich ablenken, als das Baby die Augen öffnete und ihn mit einem ernsten Blick ansah, der seine schwindenden Kräfte neu belebte.

Er würde alles in seiner Macht Stehende tun, um seine Tochter zu beschützen.

Mit diesem Gedanken zog er einen Dolch aus dem Beinteil seines Mokassins. Er versuchte, den vertrauensvollen Blick in den kleinen Äugelein nicht zu sehen, und fügte ihr einen winzigen Schnitt am Fuß zu. Das Baby schrie erschrocken auf, schlief aber zum Glück gleich wieder ein, als er die Blutstropfen mit der Decke abwischte. Nachdem er die Decke in einen Wasserlauf geworfen hatte, fügte er sich selbst einen weitaus tieferen Schnitt am Unterarm zu und verteilte das Blut rasch am moosigen Ufer.

Mit ein bisschen Glück würden die Jäger glauben, er wäre von einem Alligator angegriffen oder von einem anderen Raubtier getötet worden.

Wenn er kein Glück hatte …

Er nahm das Baby auf den Arm und rannte los.

Wenn er kein Glück hatte, würde er bis zum Ende seiner Tage auf der Flucht sein.

1

Die Wildlands, 2013

Der Mond tauchte das dichte Blattwerk in silbernes Licht, als Talon die Grenze zu den Wildlands überquerte. Er blieb stehen, atmete tief durch und spürte im ganzen Leib das Prickeln der Magie, als würde feinster Champagner durch ihn strömen.

Verdammt, er war zu lange weg gewesen.

Vier Wochen und zwei Tage, um genau zu sein.

Er verzog das Gesicht. Dass Parishs Auftrag, Jagd auf die Verräter zu machen, ihn aus den Wildlands führen würde, hatte er nicht erwartet. Es war schwierig genug zu akzeptieren gewesen, dass es in ihrem Zufluchtsort Pantera geben sollte, die bereit waren, ihr eigenes Volk zu verraten. Zum Teufel, Parish hatte es sogar noch geleugnet, als er den Beweis direkt vor Augen gehabt hatte.

Doch nachdem sie Vincent und Savoy eingesperrt und angefangen hatten, nach Pantera mit Shakpis Brandzeichen an der Ferse zu suchen, war er dahintergekommen, dass zwei Geeks verschwunden waren, ohne sich von ihren Familien zu verabschieden.

Talon hatte sofort die Verfolgung aufgenommen

und sie schließlich in einem beengten Apartment in Baton Rouge gestellt.

Ein grimmiges Lächeln stahl sich auf sein hageres, auffallend gut aussehendes Gesicht. Er war mächtig sauer gewesen, dass er einen ganzen Monat opfern sollte, um diese Schweine zu fangen, und noch wütender hatte ihn die Aussicht gemacht, er könnte das Dyesse-Fest verpassen – das Geburtsfest der Pantera und der höchste Feiertag in den Wildlands.

Seit die Ältesten die ersten Stellen schwindender Magie an den Grenzen ihres Landes entdeckt hatten, herrschte die Angst, dass diese Tradition aussterben könnte. Es war nur ein weiteres Zeichen dafür, dass die Pantera kurz vor dem Niedergang standen. So war es kaum überraschend, dass sie jeden Sommer mit angehaltenem Atem auf die Blüte der violetten Stern-Seerose warteten, die den Beginn der Feierlichkeiten verkündete.

Doch als er die Wohnung betrat, waren die endlosen Tage auf der Spur der Verräter sofort vergessen.

Er war auf Gold gestoßen.

Gefälschte Ausweise, Adressenlisten und diverse codiert verfasste Schriftstücke, die noch entschlüsselt werden mussten. Außerdem drei Laptops, aus denen die Technik-Zauberer Informationen gewinnen konnten.

Talon hatte alles zusammengerafft – einschließlich der beiden männlichen Pantera – und hatte sich auf den Heimweg gemacht.

Jetzt wollte er nur noch in sein Zimmer im Gemeindehaus der Jäger, um dort zusammenzubrechen.

Er zog an den Ketten, die er in der Hand hielt, und lief durchs dichte Unterholz, ohne sich auch nur einmal nach den Männern umzusehen, die von schweren, mit Malachit durchwirkten Halsbändern unter Kontrolle gehalten wurden.

Die beiden hatten sich kampflos in das Unausweichliche gefügt und auf dem Weg in den Bayou kaum ein Wort gesprochen.

Talon fand das völlig in Ordnung.

Er selbst hätte sie mit Vergnügen umgebracht und in Baton Rouge verrotten lassen, aber die Pantera waren auf die Informationen angewiesen, wann diese Schweine zu Verrätern geworden waren und wer letztendlich hinter dem Versuch steckte, die Wildlands zu vernichten.

Loyalität und Ehre bedeuteten ihm alles.

Wie konnte man sich Pantera nennen, wenn man nicht bereit war, das Wohlergehen des Volkes über die eigenen, egoistischen Bedürfnisse zu stellen?

Als sie einen schmalen Wasserlauf voller Seerosen erreichten, blieb Talon abrupt stehen. Seine Augenbrauen – die den gleichen kupferdurchsetzten dunklen Goldton hatten wie seine Haare – zogen sich über seinen hellgoldenen Augen, die mit einem jadegrünen Rand eingefasst waren, zusammen.

Er spürte eine große Anzahl von Pantera, die sich eilig näherten.

Das verhieß nie etwas Gutes.

Er packte die Ketten fester und machte sich darauf gefasst, dass jemand versuchen würde, die Verräter zu befreien, als ein ihm wohlbekannter Puma mit karamellfarbenem Fell und golden leuchtenden Augen anmutig über den Wasserlauf sprang und direkt neben ihm landete.

Augenblicklich entspannte er sich.

Raphael, der Anführer der Anzugträger, war für Talon wie ein Vater gewesen, nachdem Talons Eltern vor dreißig Jahren bei einem Flugzeugabsturz ums Leben gekommen waren. Obwohl sie nur entfernt miteinander verwandt waren und Talon der Fraktion der Jäger angehörte, nicht der der Diplomaten, hatte Raphael stets die Termine in Talons Schule wahrgenommen – egal, ob es darum ging, ihn bei Sportwettkämpfen anzufeuern oder ihm den Hosenboden strammzuziehen, weil er sich in die nächste Stadt, La Pierre, davongeschlichen hatte, um dem Bürgermeister einen Alligator in die Badewanne zu setzen.

Und Raphael war es auch gewesen, der ihn ins Cougar's Den mitgenommen und ihn abgefüllt hatte, als ihn dieses süße Mädchen, in das er verknallt gewesen war, wegen eines anderen Mannes abserviert hatte.

Diesem Mann vertraute Talon mehr als jedem anderen auf der Welt.

Raphael verwandelte sich in einen schillernden Farbenwirbel und nahm seine Menschengestalt an. Wie Talon trug er ausgeblichene Jeans und ein T-Shirt.

Er war ein groß gewachsener, muskulöser Mann, dessen golden schimmernde Schönheit die Frauen verrückt machte. Jedenfalls war das früher so gewesen, bevor er alle überrascht hatte, indem er eines Tages mit einer Gefährtin, die sein Junges in sich trug, in die Wildlands zurückgekehrt war.

Es war ein Wunder.

Falls sie Ashe und ihr Baby am Leben halten konnten.

Und genau deshalb hatte man Talon geschickt, um die Verräter aufzuspüren.

»Willkommen zu Hause, Talon«, sagte Raphael. Sein schmales Gesicht war zu blass, und in seinen goldenen Augen lagen die Schatten der gnadenlosen Angst, die ihn ganz und gar aufzureiben drohte.

»Wozu das Begrüßungskomitee?«, wollte Talon wissen.

»Wir müssen reden.« Raphaels Stimme klang völlig ausdruckslos. Ein deutliches Zeichen, dass seine Emotionen kurz vor der Explosion standen. Auf ein Fingerschnippen trat Sebastian neben ihn, ein Anzugträger mit bronzefarbenem Teint und leuchtend grünbraunen Augen. Sein muskulöser Körper verriet, dass er nicht viel Zeit hinter einem Schreibtisch verbrachte, und die rotblonden, von goldenen Strähnen durchzogenen Haare reichten ihm bis zu den breiten Schultern. »Bring die Gefangenen zu den Ältesten.«

Talon warf Sebastian die Ketten zu, der die unterwürfigen Gefangenen mit gebleckten Zähnen anknurrte. Dann drückte Talon dem Anzugträger den Rucksack mit den Computern und Aktenordnern in die Hand.

»Die müssen zu Xavier.« Er sprach von dem genialen Anführer der Geeks. Wenn irgendjemand den Computern Informationen entlocken konnte, war es Xavier.

Mit einem überflüssigen Ruck an den Ketten führte Sebastian die Gefangenen fort, und Raphael deutete mit dem Kopf auf ein dichtes Zypressenwäldchen in der Nähe.

»Hier entlang«, befahl er.

Während Talon ihm auf den Fersen folgte, studierte er die starre Anspannung, die so deutlich in den Schultern des anderen Mannes zu sehen war, und die Art, wie er den Kopf von einer Seite zur anderen wandte, als würde er nach versteckten Angreifern Ausschau halten.

»Dieses Gespräch hat doch nichts mit Kerkern und Ketten zu tun?«, murmelte Talon nur teilweise im Scherz.

Raphael sah sich verwirrt zu ihm um. »Hier gibt es keine Kerker.«

Talon verzog das Gesicht und trat durch einen Vorhang aus Louisiana-Moos auf die kleine Lichtung zwischen den Bäumen.

»Bei meiner Abreise gab es noch keine, aber es ist

nicht zu übersehen, dass sich die Dinge ändern«, bemerkte er trocken.

»Ja, leider«, stimmte Raphael zu. Rastlos lief er auf dem federnden Untergrund auf und ab.

Talon ließ die müden Schultern kreisen. Ihn beschlich das Gefühl, dass er sein Bett in naher Zukunft eher nicht zu Gesicht bekommen würde. »Was habe ich verpasst?«

Raphael drehte sich um und fing seinen besorgten Blick auf. »Als Jean-Baptiste mit der Voodoo-Priesterin zurückgekommen ist, warst du schon auf der Jagd.«

Talon nickte. Er hatte gewusst, dass der Heiler die Menschenfrau holen wollte, hatte die Wildlands aber bereits vor ihrer Rückkehr verlassen müssen.

»Konnte sie Ashe helfen?«

»Ich glaube schon.«

»Der Göttin sei Dank«, sagte Talon atemlos. Ein Schauer der Erleichterung überlief ihn.

Raphaels Gefährtin trug die Zukunft der Pantera unter ihrem zarten Herzen. Dass die Feinde ihnen nahe genug gekommen waren, um sie und das Baby in Gefahr zu bringen, lastete schwer auf ihnen allen.

»Dank ihr nicht zu früh«, mahnte Raphael.

»Warum nicht?«

Der Anführer der Anzugträger rieb sich das Gesicht. Talon fragte sich, wann er wohl zuletzt geschlafen hatte.

Wahrscheinlich überhaupt nicht mehr, seit Ashe angegriffen und mit irgendeinem starken Gift infiziert worden war.

»Ich muss ganz von vorn anfangen«, knurrte Raphael.

»Hier.« Talon warf seinem Freund einen silbernen Flachmann mit Don-Julio-Tequila zu. »Erzähl.«

Raphael trank einen Schluck und verzog das Gesicht, als ihm der teure Tequila durch die Kehle rann. »Wie schon gesagt, Jean-Baptiste hat Isi in die Wildlands gebracht.« Wieder verzog er das Gesicht. »Gegen ihren Willen.«

Talon zog eine Augenbraue hoch. »Hat sie Vorurteile gegen die Pantera?«

»Nein. Aus irgendeinem Grund wird ihr in den Wildlands schlecht.«

Die Wildlands konnten jemanden krank machen? Das war verrückt.

»Von so etwas habe ich noch nie gehört«, sagte Talon. »Allerdings interessieren mich die Menschen zu wenig, als dass ich wüsste, wovon ihnen übel wird.«

»Das geht uns allen so.«

Talon zuckte mit den Achseln. Eigentlich war es ihm egal, ob sie krank war oder nicht. Wichtig waren nur Ashe und das Baby.

»Hat sie Ashe einen Trank gegeben?«

Raphael drehte sich um und betrachtete die schweren Vorhänge aus Louisiana-Moos, die sie vor dem

Rest des Sumpfs abschirmten. Ein kalter Angstschauer lief Talon über den Rücken.

Hatte Raphael Angst, dass jemand sie belauschen könnte?

Gab es noch mehr Verräter?

Scheiße.

»Ihre bloße Anwesenheit scheint Ashe schon Kraft zu geben«, sagte er schließlich mit gesenkter Stimme.

Okay. Das klang doch gut.

Warum war Raphael dann nicht fröhlicher?

»Das verstehe ich nicht«, gab Talon zu.

Raphael fing wieder an, auf und ab zu gehen. »Die Heiler haben den Verdacht, dass das Gift in Ashes Blut ihr Baby angreifen sollte. Es raubt ihr jegliche Kraft, um das Kind zu beschützen.«

»Das klingt logisch.« Talon hatte bereits gehört, dass sich die Wirkung des Gifts wie eine Besessenheit äußerte, ein raffinierter Plan, um das Baby zu töten. »Und was hat die Frau damit zu tun?«

»Ihre Nähe scheint …«, Raphael suchte nach dem richtigen Wort, um die Wirkung der Frau auf seine Gefährtin zu beschreiben, »… Ashe zu stabilisieren.«

»Stabilisieren?«

»Es ist fast so, als würde sie Ashe mehr Kraft geben.«

Talon runzelte die Stirn. Er zweifelte nicht an den Fähigkeiten der Voodoo-Priesterin. Das Reich der Geister besaß eine ungeheuer große Macht. Aber er hatte immer geglaubt, sie bräuchten Tränke und

Zaubersprüche und Rituale, damit ihre Magie wirken kann.

»Sie hilft ihr, indem sie nur im selben Raum ist?«, fragte er.

»Sie hilft ihr schon, indem sie in den Wildlands ist.«

Talon schüttelte den Kopf. Der Gedanke, dass diese Frau Ashe durch ihre bloße Gegenwart beeinflussen konnte, gefiel ihm nicht.

Es war eine Sache, einen Trank zusammenzurühren. Oder eines dieser mysteriösen Rituale durchzuführen, die diese Leute in den Wildlands so sehr liebten.

Aber das ... war seltsam.

Und seltsamen Dingen traute er nicht.

»Wissen die Heiler, warum das so ist?«

Raphaels Miene spannte sich an, und in seinen goldenen Augen glühte die Kraft seines Pumas. »Sie sind geteilter Meinung.«

»Warum habe ich das Gefühl, dass mir das nicht gefallen wird?«

»Weil es so ist«, sagte Raphael offen und blieb kurz stehen, um Talons skeptischen Blick aufzufangen. »Isi ist Ashes Schwester.«

Talon blinzelte. Sein Hirn hatte Mühe, diese Worte zu verarbeiten.

»Ihre Schwester?«

»Ihre *Zwillings*schwester.«

Zwillinge. Allmächtiger Gott.

»Hattest du nicht gesagt, Ashes einzige Verwandte wäre ihre Alki-Mutter?«, fragte Talon.

»Das hat man Ashe immer gesagt.«

Talon kniff die Augen zusammen. Sein vages Unbehagen verfestigte sich zu waschechtem Misstrauen.

»Und jetzt behauptet Isi, ihre verschollene Schwester zu sein?«

Raphael schüttelte den Kopf. »Nein. Die DNA hat die Verbindung ans Licht gebracht.«

Der wissenschaftliche Beweis für die biologische Verbindung trug nicht dazu bei, Talons Argwohn zu lindern. Im Gegenteil, er schürte nur seine Zweifel.

»Das ist ein gewaltiger Zufall«, murmelte er.

»Ja, das dachte ich auch.« Raphael fuhr sich durch die Haare. »Aber es wird noch schlimmer.«

Talon verdrehte die Augen. Wurde es irgendwann mal nicht schlimmer?

»Na großartig.«

»Die Ältesten sind überzeugt, dass Isi eine vom Schicksal prophezeite Botin des Unheils ist.«

Diese Beschreibung wie aus einem schlechten Science-Fiction-Film entlockte Talon ein ungläubiges Schnauben. Wäre Raphaels grimmige Miene nicht gewesen, hätte er sogar darüber gelacht. Doch jetzt hatte er das Gefühl, dass er für ein Lachen schlimmere Prügel beziehen würde als damals, als er in den Höhlen eine Schwarzbrennerei eingerichtet und den starken Schnaps an seine Klassenkameraden verkauft hatte. Wie hätte er denn wissen sollen, dass allen hundeelend werden würde, weil er den Alkohol zu hochprozentig gebrannt hatte?

»Jetzt willst du mich aber verarschen«, knurrte er stattdessen.

»Ich wünschte, es wäre so. Die Ältesten behaupten, der Pantera-Schamane sei der Vater von Isi und Ashe.«

Es dauerte eine Weile, bis Talon sich an den Mann erinnern konnte, den die Ältesten früher gerufen hatten, um die Fraktion eines ungeborenen Pantera zu bestimmen. Auch hatte es Gerüchte gegeben, dass er Zukunftsvisionen gehabt hätte.

Talon hatte ihn seit vielen Jahren nicht mehr gesehen.

Endlich schaffte er es, den Namen aus seinem Gedächtnis hervorzukramen.

»Chayton?«

»Ja.«

»Ist er nicht tot?«

Raphael verzog das Gesicht. »Das hatten die Ältesten angenommen.«

Talon gab einen ungläubigen Laut von sich. Die Ältesten irrten sich so gut wie nie.

Oder vielleicht gaben sie es nur nie zu.

»Erzähl weiter«, drängte er.

»Chayton soll die Vision gehabt haben, dass sein erstgeborenes Kind die Wildlands vernichten würde.« In Raphaels Stimme lag eine Spur Bedauern für den Mann, der sicher voller Verzweiflung gewesen sein musste, als sich enthüllte, dass seine eigene Tochter eine Kraft des Bösen sein würde.

Talon hatte deutlich weniger Mitleid, er war kein großer Verfechter von Prophezeiungen. Sie konnten auf zu viele Weisen interpretiert werden, um einen konkreten Plan für die Zukunft zu liefern.

Wenn das erstgeborene Kind aber eine Gefahr für sein Volk war, würde er es verdammt noch mal aufhalten.

»Isi war die Erstgeborene?«

Raphael nickte knapp. »Nachdem er die Vision hatte, ist Chayton mit seiner schwangeren Frau in den Norden des Landes geflohen. Doch die Ältesten haben die Babys gleich nach der Geburt aufgespürt.«

»Sie wollten das Kind opfern.« Es war keine Frage, sondern eine Feststellung.

Die Ältesten neigten nicht dazu, in aller Ruhe abzuwarten, ob sich etwas zu einem Problem entwickeln würde. Sie waren große Verfechter von Präventivschlägen.

»Das wollten sie, aber Chayton konnte sie lange genug ablenken, um zu entwischen«, berichtete Raphael. »Die Jäger fanden Blut und eine Babydecke, aber keine Spur von Chayton. Sie haben Dixie und Ashe nach ihrer Rückkehr nach La Pierre sorgfältig überwacht, weil sie davon ausgegangen sind, dass Chayton Kontakt mit ihnen aufnehmen würde, falls er überleben würde. Doch die Jahre vergingen ohne ein Wort von dem Schamanen, und so haben die Ältesten ihn und das Baby schließlich für tot gehalten.«

Der Schamane musste entweder sehr großes Talent oder sehr großes Glück gehabt haben, um den Ältesten so lange entkommen zu können.

»Ashe hat nichts über ihren Vater gewusst?«

»Nein.« Raphael kniff die Augen zusammen, als wollte er den Jüngeren herausfordern, seine Gefährtin als Lügnerin zu bezeichnen. Ja, na klar. Eher hätte Talon den Kopf ins Maul eines Alligators gesteckt. »Offenbar haben die Ältesten Dixies Erinnerung so manipuliert, dass sie glaubte, sie hätte nur ein einziges Kind und wäre von ihrem Mann verlassen worden.«

Talon schauderte. Solche langfristigen Eingriffe in den Verstand konnten eine äußerst zerstörerische Wirkung auf Menschen haben.

»Vielleicht ist es da gar nicht so überraschend, dass sie sich in den Alkohol geflüchtet hat. Wie haben die Ältesten auf Isis Ankunft reagiert?«

»Verheerend.« Seine hageren Züge strafften sich. Mit Sicherheit hatte Raphael im Zentrum dieser katastrophalen Reaktion gestanden. »Sie sind in Ashes Krankenzimmer gekommen, nachdem aufgrund der DNA-Ergebnisse die Verbindung zu Ashe ans Licht gekommen war. Bis dahin hatten sie angenommen, die einzige Gefahr, die von Isi ausging, hätte mit ihrem Voodoo-Shop zu tun.«

Damit hatte Talon nicht gerechnet.

»Die Ältesten haben von ihr gewusst?«

»Sie haben alle Tätowierer im Auge behalten, die auf Malachit-Tattoos spezialisiert sind.«

Ah. Eine vernünftige Vorsichtsmaßnahme, wie Talon zugeben musste. Das Mineral wurde benutzt, um den Puma im Körper eines Pantera zu fixieren. Außerdem beruhigten die Therapeuten der Versorgerfraktion damit jene Patienten, die ihre Gedanken oder ihre Pumas nicht unter Kontrolle bekamen. Und natürlich wurde es von den Ältesten als Strafe eingesetzt, um einen Pantera an die Kette zu legen.

»Nur wer sich genauestens mit der Natur unserer Pumas auskennt, kann die magischen Eigenschaften dieses Minerals begreifen«, sagte er.

»Und dann wäre da noch das hier.«

Raphael nahm sein Handy aus seiner Tasche und scrollte durch die Fotos. Als er das gesuchte Bild gefunden hatte, zeigte er es Talon.

Es war leicht zu erkennen, dass die Aufnahme in den Straßen von New Orleans gemacht worden war. Anscheinend war es ein kleiner Laden, wie man sie in solchen schmalen Gassen oft fand. Das einzig Auffällige war das blutrote Holzschild, auf dem FÜTTERUNG UND PFLEGE VON VOODOO stand.

»Ich nehme an, das ist Isis Laden?« Er war nicht ganz sicher, was er auf diesem Bild sehen sollte.

»Ja. Und das hier ist ihr Wagen.«

Raphael vergrößerte das Foto, bis Talon den weißen Van erkennen konnte, der vor dem Laden parkte.

An der Seite war das Emblem eines Raben zu sehen, der mit ausgebreiteten Flügeln an einem Vollmond vorbeiflog.

Ein tiefes Knurren löste sich aus Talons Kehle, als er das unverwechselbare Zeichen von Shakpi erkannte.

»Scheiße.« Er blickte in Raphaels düsteres Gesicht. »Werden die Ältesten sie töten?«

In den goldenen Augen glühte gefährliche Entschlossenheit. »Nicht, solange ich es verhindern kann.«

Talon runzelte die Stirn. Normalerweise war Raphael immer der Vernünftige von ihnen, der jede Situation mit kühler Logik betrachtete – was entsetzlich nervtötend war.

Jetzt machte Talon sich Sorgen, weil sein Freund vor lauter Hingabe zu seiner Gefährtin blind für die möglichen Gefahren wurde, die Isis Nähe bedeuten konnte.

»Sieh mal, Raphael. Ich verstehe, dass sie eine nahe Verwandte deiner Gefährtin ist, aber wenn sie zu den Feinden gehört ...«

»Ob sie verwandt sind, ist mir scheißegal«, unterbrach Raphael ihn scharf. »Ihre Anwesenheit hilft Ashe, gegen das Gift anzukämpfen.«

Talon wählte seine nächsten Worte vorsichtig. Raphael war kurz davor durchzudrehen, und Talon wollte auf keinen Fall riskieren, ihn mit einem falschen Wort in einen mörderischen Blutrausch zu versetzen.

Schon gar nicht, wenn er direkt neben ihm stand.

»Bist du sicher, dass es kein Trick ist?«

»Sicher ist überhaupt nichts.« Raphael stieß ein tiefes, frustriertes Knurren aus. »Aber du sollst wissen, dass ich alles tun werde, was nötig ist, um meine Gefährtin und mein Kind zu beschützen.«

Talon schluckte die warnenden Worte hinunter, die ihm auf der Zunge lagen.

Den Atem konnte er sich sparen, solange Raphael glaubte, dass Isi seiner Familie helfen konnte.

»Wie wir alle«, murmelte er stattdessen mit grollender Stimme.

Die goldenen Augen verengten sich, und die Hitze von Raphaels Puma brachte die Luft um ihn herum zum Brodeln. »Hoffentlich meinst du das auch ernst.«

»Warum?«

»Isi steht jetzt unter meinem persönlichen Schutz, aber ich traue den Ältesten nicht«, gab der Ältere offen zu. »Sie sind davon überzeugt, dass Isi das Verhängnis der Pantera ist, und werden sie töten, sobald sie die Gelegenheit dazu bekommen.«

Das schien gar kein schlechter Plan zu sein, fand Talon. Wenn Isi tot war, konnten sie nach einer weniger riskanten Möglichkeit suchen, um Ashe und das Baby zu schützen.

Aber seine Loyalität gehörte Raphael.

Für den Anführer der Diplomatenfraktion hätte er alles getan.

»Was verlangst du?«

»Bisher konnten wir nicht mehr tun, als Isis Übelkeit zu lindern.«

Talon verzog das Gesicht. »Wahrscheinlich versuchen die Wildlands, sie zu vertreiben.«

Raphael winkte ab. »Das spielt keine Rolle. Wir mussten sie ins Haus deiner Eltern bringen.«

Talon zuckte zusammen und sah Raphael mit großen Augen an.

Das hübsche Landhaus, das tief in den Sümpfen versteckt lag, war seit Langem verlassen – seit Talon die Nachricht erhalten hatte, dass seine Eltern bei einem Flugzeugabsturz ums Leben gekommen waren. Damals war Talon ins Haus der Jäger gezogen. Er sah zwar regelmäßig in seinem Elternhaus nach dem Rechten und erledigte die nötigen Wartungsarbeiten, aber gewohnt hatte dort seit Jahren niemand mehr.

Es war nicht so, dass er in diesem Haus einen Tempel der Trauer für seine verstorbenen Eltern errichtet hätte. Jedenfalls nicht bewusst.

Aber ganz bestimmt gab er es nicht als billige Absteige für den Niedergang seines Volkes her.

»Was hast du?«, brachte er mit rauer Stimme hervor. Er konnte nicht glauben, dass Raphael so unsensibel gewesen sein sollte.

Der Ältere begegnete Talons vorwurfsvollem Blick mit eiserner Miene. Er gab nicht nach.

»Das Haus lässt sich am besten verteidigen«, merkte er an. Das Sumpfland war so tief und so dicht mit

Unterholz bewachsen, dass sich nur wenige Raubtiere hineinwagten. »Außerdem hat das Haus etwas an sich, das ihre Übelkeit lindert.«

Das war Talon egal, selbst wenn ihr davon Flügel gewachsen wären oder ein Heiligenschein.

»Du verlangst ganz schön viel, *mon ami.*«

Raphael steckte das Handy in die Tasche und verschränkte die Arme vor der Brust. Auch wenn er im vergangenen Monat abgenommen hatte, war er immer noch groß und stark und in der Lage, Talon die Arme und Beine zu einer Brezel zu verknoten.

»Ich bin noch nicht fertig«, sagte er.

Talon zählte bis zehn.

»Was noch?«

»Ich will, dass du ihr Bewacher wirst.«

Talon gab einen entsetzten Laut von sich. »Sag das noch mal.«

Die goldenen Augen verengten sich. »Du hast mich verstanden.«

Das hatte er allerdings. Leider.

»Warum ich?«

»Weil ich dir vertraue.«

Die Worte trafen Talon direkt ins Herz. Ergeben hob er die Hände.

»Scheiße.«

2

Zum ersten Mal seit Wochen war es Isi warm. Richtig warm, nicht nur »in so viele Decken gewickelt, dass sie fast einging«-warm, sondern innerlich warm.

Und was noch besser war: Die ständige Übelkeit war weg.

Restlos.

Seufzend kuschelte sie sich dichter an die Wärmequelle und atmete tief den betörenden männlichen Duft ein. Dieser Duft vertrieb das scheußliche Unwohlsein, das sie seit ihrer Ankunft in den Wildlands mit wechselnder Heftigkeit geplagt hatte.

Woher dieser wunderbare Geruch stammte, wusste sie nicht, und eigentlich war es ihr auch egal.

Sie wollte einfach nur in diesem tröstlichen Gefühl schwelgen.

Als wäre ihr Gebet erhört worden, strich ihr eine warme Hand über den Rücken und umfasste ihren Po.

»Oh, Gott sei Dank«, seufzte sie. Hitze fuhr ihr in die Glieder. »Hör nicht auf, das fühlt sich so gut an.«

»Ich habe noch gar nicht richtig angefangen, Schätzchen«, flüsterte ihr eine raue männliche Stimme ins Ohr.

Unsanft fuhr Isi aus ihrem herrlichen Traum hoch. Erst jetzt bemerkte sie, dass sie nicht mehr allein war. Verdammt, was war hier los? Sie stemmte die schweren Lider auf, und alle Luft wich ihr aus der Lunge, als sie in ein Paar golden glühende Augen mit jadegrünem Rand blickte.

Wirklich bemerkenswerte Augen.

Sehr hell, gerissen und gefährlich männlich.

Und das Gesicht, in dem sie sich befanden, war einfach zum Niederknien und Nimm-mich-Schreien attraktiv.

Eine breite Stirn, eine schmale, gerade Nase, hohe Wangenknochen und ein sinnlich geschwungener Mund.

Ein wahres Meisterwerk der DNA.

Immer noch schlaftrunken spürte Isi ein anerkennendes Kribbeln im Rücken.

Wegen solcher Gesichter taten kluge Frauen dumme Dinge.

Und genossen jede einzelne Sekunde davon. Auch wenn das Verhängnis über sie hereinbrach.

Tief in ihrem Inneren regte sich eine dunkle, verführerische Erregung, deren Heftigkeit sie selbst erschreckte.

Am Anblick eines gut aussehenden Mannes erfreute sie sich normalerweise in rein künstlerischer Hinsicht, aber sonst überlegte sie nicht sofort, wie schnell sie ihm die Kleider vom Leib reißen und sich ihm an den Hals werfen konnte.

Das unmenschliche Leuchten seiner Augen riss sie schließlich aus ihrem Tagtraum.

Oh, verdammt.

Er war kein Mann.

Er war ein Pantera.

Und in diesem Moment wälzte er sich auf sie.

»Hallo, Schätzchen«, sagte er gedehnt und lächelte, als sich wütender Argwohn auf ihre Züge legte. »Wenn ich gewusst hätte, dass du in meinem Bett auf mich wartest, wäre ich schon früher zurückgekommen.«

Sie stieß ihn vor die Brust, war allerdings nicht wirklich überrascht, als er nicht zurückwich. Durch die dünne Decke konnte sie die glatten, wohldefinierten Muskeln an seinem schlanken Körper spüren. Der Stoß vor die Brust war nur ein Ablenkungsmanöver gewesen, um ihm das Knie in die Eier zu rammen.

Egal wie hart ein Mann auch war, diese eine verletzliche Stelle hatten sie alle.

Mit einem geübten Ruck ihres Oberschenkels zielte sie direkt zwischen seine Beine. »Runter von mir, du Perverser!«

Sie hörte ein tiefes Fauchen, als der Puma den lähmenden Hieb abwehrte, indem er sie mit seinen langen Beinen in die Matratze drückte.

»Kein Grund, grob zu werden, Schätzchen.« Er fuhr mit der Zunge über ihr Ohrläppchen, was gegen ihren Willen einen lustvollen Strahl direkt in ihren Unterleib sandte. »Es sei denn, du stehst drauf.«

Sie stieß ein entnervtes Zischen aus und versuchte zu ignorieren, dass ihr ganzer Körper vor Erregung verräterisch bebte.

Herrgottnochmal. Wenn ein Mann sie gegen ihren Willen festhielt, war das Grund genug für einen Mord.

Und nicht dafür, sich in ein zitterndes Bündel sehnsuchtsvoller Begierde zu verwandeln.

»Wenn ich grob werden wollte, hätte ich dir schon die Haare von den Eiern gerissen«, knurrte sie.

»Meine Eier sind nicht behaart.« Er biss ihr ins Ohrläppchen, und legte ihre Hand auf seinen steif werdenden Schwanz. »Soll ich es dir beweisen?«

»Nein, zum Teufel.« Sie riss ihre Hand los und boxte ihm mit solcher Kraft vor die Brust, dass sie einem Menschen die Rippen gebrochen hätte. »Wer bist du?«

»Dein unfreiwilliger Gastgeber.«

»Gastgeber?« Isi zog eine finstere Miene. Raphael hatte ihr gesagt, das Haus wäre seit Jahren nicht mehr bewohnt gewesen. Allerdings hatte er ihr auch erzählt, sie wäre keine Gefangene – warnte sie aber jedes Mal, wenn sie gehen wollte, dass die mysteriösen Ältesten nur auf eine Gelegenheit warteten, sie umzubringen. Einen Monat saß sie nun in den Bayous fest, bei einem Haufen übellauniger Pumas, die sie als Feindin betrachteten, und allmählich stieß sie an ihre Grenzen. Vielleicht hatte diese Nacht ihrem Verstand auch schon den Rest gegeben. »Das ist dein Haus?«

»Das Haus meiner Eltern. Aber das hier ist mein Bett«, sagte der Pantera. »Warum hast du es dir ausgesucht?«

»Was?«

»Es gibt vier Schlafzimmer.« Er betrachtete sie mit einer Intensität, die ihr den letzten Nerv raubte. Obwohl es dunkel war, wusste sie, was er sehen musste. Kurzes tiefschwarzes Haar mit blauen Strähnchen, vom Schlaf zerzaust. Ein blasses, zierlich geschnittenes Gesicht und Augen, die so dunkel waren, dass sie schwarz aussahen. Sein Blick fiel auf das Tattoo, das ihr vom rechten Ohr bis zur Schulter reichte – eine Rose, die sich um eine Kerze rankte –, um dann an den Diamantenpiercings in beiden Nasenlöchern hängenzubleiben. Seine Miene blieb unlesbar, doch Isi entging nicht, wie sich der berauschende Moschusduft in der Luft verdichtete. »Warum hast du ausgerechnet mein Bett genommen?«

Isi zögerte. Auf keinen Fall würde sie zugeben, dass es sie in dieses Zimmer gezogen hatte, weil hier die Übelkeit nachließ, die ihr ständiger Begleiter geworden war.

In ihrem Hinterkopf braute sich nämlich ein schrecklicher, unerträglicher Verdacht zusammen.

»Es hatte die schönste Aussicht«, murmelte sie.

Seine Lippen hinterließen einen sengenden Pfad der Versuchung auf ihrem Hals. »Lügnerin.«

Das Herz hämmerte ihr gegen die Rippen, und ihr Unterleib zog sich in wildem Verlangen zusammen, als seine Lippen aufreizend über den Puls an ihrem Halsansatz strichen.

Oh … verdammt.

Ohne Vorwarnung trommelte sie plötzlich mit beiden Fäusten gegen seine Brust und versuchte verzweifelt, sich unter ihm herauszuwinden. Es war unmöglich, ihre Erregung vor den enorm sensiblen Sinnen dieses Mannes zu verbergen, aber sie wollte verdammt sein, wenn sie wie eine willenlose Puppe hier liegen blieb.

»Geh runter von mir!«

Der Mann hob den Kopf und sah sie verwirrt an, während er versuchte, ihre Schläge abzuwehren, ohne ihr wehzutun. »Beruhige dich.«

»Erst wenn du mich loslässt.«

Er zischte vor Schmerz, als sie ihm das Gesicht zerkratzte, und wälzte sich auf die Seite. Hastig stand sie auf.

»Verfluchte Wildkatze«, murmelte er. Seine Blicke hinterließen einen sengenden Pfad auf ihrem Körper, der nur mit einer Seidenshorts und einem engen Trägertop bedeckt war.

Instinktiv verschränkte sie die Arme vor der Brust, weniger aus Schamgefühl, als um ihre harten Brustwarzen zu verbergen.

Wenn man als Mädchen in Waisenhäusern aufgewachsen war, konnte man sich einen Luxus wie Schamhaftigkeit nicht leisten.

»Sag mir, wie du heißt«, befahl sie.

Er lag immer noch gemütlich auf dem riesigen Himmelbett, das zu den übrigen handgearbeiteten Möbeln in diesem Zimmer im ersten Stock passte. In diesem behaglichen Ambiente, inmitten von handgewebten Teppichen, vollen Bücherregalen und den Echos einer liebevollen Kindheit hätte er albern aussehen müssen. Doch das tat er nicht.

Er sah aus, als wäre er ... zu Hause.

Sie spürte einen wohlbekannten neidischen Stich in ihrem Herzen, ehe sie den unsinnigen Kummer niederdrücken konnte.

Ein Zuhause war nicht mehr als der Ort, an dem man seinen Krempel aufbewahrte, bevor man an den nächsten Ort zog. Ende der Geschichte.

»Talon.« Seine Stimme strich wie Rohseide über ihre Haut.

Isi runzelte die Stirn. Sie erinnerte sich vage daran, dass Ashe den Namen des Jägers erwähnt hatte, der Jagd auf die Verräter unter den Pantera machen sollte.

»Mir hat niemand gesagt, dass du hier wohnst.« Stück für Stück zog sie sich zur Tür zurück. Sie brauchte Abstand von diesem Puma, der sie so aus dem Konzept brachte. Sehr, sehr großen Abstand. »Ich gehe woandershin.«

»Wohin denn?«

»Nach Hause.« Bis ihr das Wort über die Lippen kam, hatte sie nicht gewusst, was sie sagen würde, doch plötzlich war ihr klar, dass sie genau dorthin gehen würde. Sie hatte genug von den abartigen Pantera und ihren schlammigen Wildlands. Sie gehörte nach New Orleans und hatte ein Geschäft zu führen. »Wo ich schon vor Wochen hätte hingehen sollen.«

»Und was ist mit deiner Schwester?«

Sie zuckte mit den Achseln und schob sich noch ein bisschen näher an die Tür. »Ich kann ja wiederkommen.«

Schneller, als sie ihm mit den Blicken folgen konnte, war Talon aus dem Bett gesprungen und hatte ihr den Weg versperrt. »Nein.«

Mit zusammengebissenen Zähnen blieb sie stehen. »Nein?«

Er stemmte die Fäuste in die Hüften, das T-Shirt spannte über seinen wohlgeformten Brustmuskeln.

»Raphael hat mich hergeschickt, um dich zu beschützen.« Er gab sich keine Mühe, seinen Unmut über diese lästige Babysitterpflicht zu verbergen. »Und das kann ich nicht, wenn du die Wildlands verlässt.«

Sie neigte das Kinn zur Seite. »Danke, Fellknäul, aber ich kann schon ziemlich gut auf mich selbst aufpassen.«

Die goldenen Augen verengten sich. »Was hast du nur immer mit meinem Fell?«

»Ich will, dass es mir verdammt noch mal vom Leib bleibt.«

Er pirschte sich an sie heran, und seine Körperwärme hüllte sie in sinnliches Wohlgefühl ein. »Vorhin warst du noch nicht so abweisend zu mir und meinem Fell, als du dich an mich gedrückt hast und mir gesagt hast, wie gut es sich anfühlt.«

Sie wollte standhaft bleiben. Wirklich. Doch als er erbarmungslos immer näher kam, merkte sie, dass sie zurückwich, bis sie mit dem Rücken gegen ein hohes Bücherregal stieß.

Blöder Arsch.

»Das war …«

Wenige Zentimeter vor ihr blieb er stehen und stützte die Hände links und rechts von ihrem Kopf an das Regal. »Was?«

»Mir ging es plötzlich besser, das ist alles.«

»Raphael hatte erwähnt, dass es irgendetwas mit dem Haus zu tun hat«, sagte er und senkte den Blick auf den hämmernden Puls an ihrem Halsansatz.

Isi verzog das Gesicht. Ja. Sie hatte geglaubt, es hätte am Haus gelegen.

Bis Talon aufgetaucht war und die Übelkeit nicht mehr nur erträglich, sondern komplett verschwunden gewesen war.

»Wie auch immer«, murrte sie. »Bei mir zu Hause würde es mir noch besser gehen.«

Er beugte sich zu ihr herab, und sein Atem strich heiß wie ein Kuss über ihre Lippen. »Keine Chance.«

»Das hast du nicht zu entscheiden.«

»Glaubst du, ohne Raphaels Schutz würdest du auch nur eine Sekunde überleben?«

»Das erzählt er mir auch die ganze Zeit.« Stur presste sie die Lippen zusammen. Sie hatte sich nötigen lassen, wochenlang hierzubleiben. Zumindest redete sie sich ein, dass man sie genötigt hätte. Andernfalls hätte sie nämlich zugeben müssen, dass sie wegen Ashe geblieben war, und das war eine völlig inakzeptable Erklärung. »Woher weiß ich, dass das nicht nur irgendwelches Gerede ist, damit ich hierbleibe?«

»Raphael hat keine leeren Drohungen nötig«, sagte Talon warnend. »Wenn er beschließt, dich hierzubehalten, kann ich dir garantieren, dass du bleibst. Auf die eine oder andere Art.«

Wütend blickte sie in das wilde, schöne Gesicht. »Also, wenn du sagst, du seist hier, um auf mich aufzupassen, heißt das eigentlich, ich bin deine Gefangene.«

»Raphael hat mich gebeten, dafür zu sorgen, dass du seiner Gefährtin weiterhin hilfst.«

O ja, Raphael hatte mehr als deutlich gemacht, dass er Himmel und Hölle in Bewegung setzen würde, um seine Gefährtin und sein Kind zu schützen.

Was sie überhaupt nicht eifersüchtig machte. Gar nicht. Sowas von nicht.

»Und was ich will, spielt keine Rolle?«, fuhr sie ihn an.

»Nein.«

Sein völlig ungerührter Ton entlockte ihr ein freudloses Lachen. »Wie nett.«

»So ist es nun mal.«

»Also gut.« Sie tauchte unter seinem Arm hindurch und ging zur Tür. »Ich bin zu müde zum Streiten.«

»Wo gehst du hin?« Wieder trat er ihr in den Weg.

»In ein anderes Zimmer.«

»Warum?« Er hatte tatsächlich den Mumm, sie sanft am Kinn zu fassen und ihren Blick auf das Bett zu lenken, das den Raum dominierte. »Dieses Bett ist schön kuschelig und warm.«

»Du hast gesagt, das hier wäre dein Zimmer.«

Er strich ihr mit dem Daumen über die Unterlippe, und bei dieser Berührung durchfuhr sie ein Stoß der Erregung. »Ich teile es mit dir.«

Ihr Mund wurde trocken, als in ihrem Kopf das lebhafte Bild auftauchte, wie sie nackt auf dem Bett lag und dieser Mann sie von den blau gesträhnten Haaren bis zu den fuchsia lackierten Zehennägeln mit Küssen bedeckte.

Begehren durchflutete sie, sengend heiß und so wild, dass ihr die Knie weich wurden.

Gott, sie musste hier raus.

»Davon träumst du wohl«, sagte sie, doch die Worte klangen selbst in ihren eigenen Ohren lahm.

Er betrachtete seinen Daumen, mit dem er die Kontur ihres störrisch vorgeschobenen Kinns nachzeichnete.

»Wir sitzen hier zusammen fest«, murmelte er mit heiserer, einladender Stimme. »Da können wir uns genauso gut eine schöne Zeit machen.«

Sie schlug seine Hand weg, schob sich an ihm vorbei und lief fest entschlossen zur Tür.

Verdammt.

Sie hatte keine Ahnung, was mit ihr los war.

Der Mann war ein verdammter Puma. Und was noch schlimmer war: Er sah in ihr nichts anderes als eine lästige Pflicht.

»Lieber würde ich mit einer Schlange im selben Bett schlafen«, teilte sie ihm hoch erhobenen Hauptes mit.

Er wartete, bis sie an der Tür war, bevor er ihr nachrief: »Isi.«

Widerwillig wandte sie sich um und versuchte, sich nicht von seiner goldschimmernden Schönheit beeindrucken zu lassen, als sie ihn im Mondlicht stehen sah.

»Was?«

Er kniff die Augen zusammen. »Im Moment braucht Raphael dich. Aber ich traue dir keinen Zentimeter über den Weg.« Seine leisen Worte trafen sie wie Dolche. »Gib mir keinen Grund, dich zu töten.«

Sie stürmte aus dem Zimmer, suchte sich das am weitesten entfernte Zimmer und knallte die Tür hinter sich zu.

So ein arroganter Scheißkerl.

Wie konnte er es wagen, ihr zu drohen, nachdem …

Nachdem was?

Sie unterdrückte ein Lachen und presste sich die Hand auf den Mund. Die leichte Übelkeit meldete sich wieder.

Nachdem er ihr Sex angeboten hatte?

Nein, Sex wäre es ja nicht einmal gewesen.

Nur ein schneller Fick mit einem Fremden.

Es war eindeutig höchste Zeit, sich wieder um ihr eigenes Leben zu kümmern.

Weit fort von den Bayous und von Pantera-Männern, deren aufgeblasene Köpfe sich sehr viel besser über der nächstbesten Feuerstelle machen würden.

Kribbelnde Aufregung durchströmte Talon, als er leise durchs Unterholz pirschte. In seiner Tiergestalt bewegte er sich mit lautloser Anmut, dank derer seine Beute nichts davon mitbekam, dass sie gejagt wurde.

Isi.

Als er den Duft von Magnolien witterte, wich seine Aufregung einer dunkleren, verführerischeren Emotion.

Die Frau war so ganz anders, als er erwartet hatte.

Unheilsboten sollten nicht wie exotische Schmetterlinge aussehen – mit rabenschwarzen Haaren, in denen blaue Strähnchen glänzten, und mit schwarzen Augen, die in scharfem Kontrast zur milchweißen Haut standen. Selbst das Tattoo und die Piercings, die sie hart wirken lassen sollten, betonten ihre Schönheit nur noch mehr.

Sie war ein seltenes, exquisites Geschöpf, und in dem Moment, als er sie zum ersten Mal zusammengerollt in seinem Bett hatte liegen sehen, wäre er vor Erregung fast explodiert.

Natürlich war sie ein wenig kratzbürstig, dachte er sarkastisch.

Doch selbst ihre spitze Zunge und die anmaßende Leg-dich-nicht-mit-mir-an-Haltung faszinierten ihn.

Er wollte ihre spröde Fassade aufbrechen, um die warmherzige, leidenschaftliche Frau darunter zu finden.

O ja, sie würde leidenschaftlich sein.

Er hatte den Duft ihrer Erregung gewittert. Eine Erregung, die seiner eigenen in nichts nachstand.

Sie wollte ihn genauso sehr wie er sie.

Sie wollte ihn spüren.

Jetzt.

Als Talon merkte, dass sie sich den Grenzen der Wildlands näherten, schloss er zu Isi auf.

Er hatte es sofort gehört, als Isi aus ihrem Zimmer geschlichen und die Treppe hinuntergehuscht war. Sie hatte sich die Zeit genommen, aus der Wäschekammer einen der Trainingsanzüge mitzunehmen, die es in jedem Pantera-Haushalt gab. Normalerweise verwandelte sich ihre Kleidung mit, wenn sie die Gestalt wechselten, doch manchmal, wenn sie unter Stress standen, verletzt oder müde waren, konnten sie die Verwandlung nicht ganz kontrollieren. Die Trainingsanzüge wurden im Dutzend gekauft, und ihr Verlust war zu verschmerzen.

Dann hatte sie sich wie ein Dieb in der Nacht aus dem Haus geschlichen.

Talon hatte sie entkommen lassen.

Er wollte verdammt noch mal wissen, wohin sie ging, und mit wem sie sich traf.

Offenbar wollte sie wirklich nach Hause.

Im dichten Unterholz verborgen, legte Talon einen lautlosen Sprint ein und lief in einem Bogen um Isi herum. Einen Moment lang war er verwirrt, als er ihr blasses Gesicht sah und sie sich die Hand vor den Mund presste, um den Würgereiz zu unterdrücken.

Es ging ihr viel schlechter als bei ihm zu Hause.

Und aus irgendeinem blödsinnigen Grund traf ihn bei dieser Erkenntnis ein wütender Stich ins Herz. Als würde ihm der Gedanke an ihre Qualen selbst Schmerzen bereiten.

Mit einem tiefen Knurren drängte er den unwillkommenen Verdacht aus seinen Gedanken. Er machte einen gewaltigen Satz vorwärts, konzentrierte sich auf die Verwandlung vom Puma zum Menschen und riss Isi auf dem moosigen Untergrund zu Boden.

Die Magie explodierte in ihm und ließ ihn erschauern, während sich seine Knochen und Muskeln neu ausrichteten.

Ein berauschendes Glücksgefühl.

Doch nicht annähernd so berauschend wie das Gefühl ihrer schlanken Kurven an seiner Haut.

»Hast du noch was vor, Schätzchen?«, fragte er gedehnt und ließ den Blick suchend über ihren Körper wandern, um sicherzugehen, dass er sie beim Sturz nicht verletzt hatte.

Was ihm völlig egal wäre, wie er sich grimmig ins Gedächtnis rief.

Er hatte sie davor gewarnt, was passieren würde, wenn sie versuchte zu fliehen.

Trotzdem konnte er die lästige Reaktion auf ihre Schmerzen nicht ganz abschütteln.

Isis Augen weiteten sich vor Angst, doch als sie sah, wer sie da zu Boden drückte, verwandelte sich die Furcht augenblicklich in blanke Wut.

»Herrgott!« Sie wand sich unter ihm, und als sein Moschusduft in die Luft stieg, verlor ihr Gesicht seine teigig grünliche Farbe. »Hör auf, ständig auf mich draufzuspringen.«

Süße Funken der Erregung kribbelten in seinem Blut, als sie sich an seinen steif werdenden Schwanz drückte. Die Lust war so intensiv, dass sie ihm ein tiefes Knurren entlockte.

Er senkte den Kopf, drückte die Nase in Isis Halsmulde und atmete ihren Magnolienduft tief ein.

»An deiner Stelle würde ich keinen Muskel mehr rühren«, warnte er sie.

Sie verspannte sich, ihr Herz klopfte so laut, dass er die rasenden Schläge hören konnte. »Warum?«

»Weil mich die Jagd auf dich scharf gemacht hat.« Talon konnte der Versuchung nicht widerstehen, die Zähne in ihre seidige Haut zu graben. Nicht so fest, dass es geblutet hätte, nur gerade genug, um den Puma in ihm zu befriedigen, der den Geschmack dieser Frau erkunden wollte. Erregung durchflutete ihn. »Möchtest du noch ein bisschen weglaufen?«

Sie trommelte mit den Fäusten auf seinen Rücken

ein und zitterte am ganzen Leib – allerdings nicht vor Angst. Und auch nicht vor Wut.

»Ich will nur, dass du mich in Ruhe lässt«, keuchte sie.

»Blödsinn.« Seine Stimme stockte, als der berauschende Duft ihrer Erregung seine Sinne reizte. Sie war feucht und bereit für ihn, sie sehnte sich danach, dass er in sie eindrang. Sein Schwanz, der ihr diese Sehnsucht nur zu gern erfüllen wollte, begann zu zucken. »Du findest mich aufregend.«

Noch ein Schlag auf den Rücken. »Ich finde dich nervtötend, Fellknäuel.«

Er fuhr mit der Zunge über ihren Hals. Rastlos vom berauschenden Aroma ihrer Haut, drängte sich sein Puma dicht an die Oberfläche.

»Warum riechst du dann nach Sex?«, fragte er.

»Weil du halluzinierst«, murmelte sie und versuchte noch einmal, sich loszureißen.

»Verdammt«, fauchte er und hob den Kopf, um ihr in die aufgerissenen Augen schauen zu können. Es war eine Sache, sie damit aufzuziehen, dass er ihre Erregung spüren konnte. Eine ganz andere Sache war es, wie gefährlich kurz er davor war, ihr die Kleider vom Leib zu reißen und es hier und jetzt mit ihr zu treiben. Er war ein Pantera, verdammt, aber deshalb war er noch lange kein Tier. »Ich habe gesagt, du sollst stillhalten.«

»Von dir lasse ich mir nichts befehlen ...« Ihre Worte erstarben, als er ihr eine Hand auf die Stirn legte und prüfend ihr blasses Gesicht musterte. »Was machst du da?«

»Dir war schlecht«, sagte er brüsk, für einen Augenblick von seiner ungeheuren Erregung abgelenkt.

Sie zog die Stirn kraus. »Das liegt an den Wildlands.«

»Jetzt geht's dir besser.«

»Wir sind kurz vor der Grenze.«

»Nein.« Langsam schüttelte er den Kopf. »Bei mir zu Hause ging es dir besser. Und jetzt fühlst du dich besser, weil ich dich im Arm halte«, überlegte er laut. Dann traf ihn die Erkenntnis. »Es liegt an mir.« Er sah, wie ihr die Röte in die Wangen schoss. »In meiner Nähe geht es dir besser.«

Entnervt starrte sie ihn an. »Mein Gott, dein Ego ist ja unglaublich.«

Er beugte sich vor und biss ihr sacht in die Nasenspitze. »Gib es zu.«

»Nein.«

»Warum nicht?« Seine Lippen zuckten, als die Erregung mit schmerzhafter Wucht zurückkehrte. Himmel, er fürchtete, sein Schwanz würde jeden Moment den Reißverschluss sprengen. »Ich gebe gern zu, dass mich dein Duft fast um den Verstand bringt.«

»Talon!«

Er stieß ein Zischen aus. Hitze explodierte in seinem Körper, und er fuhr mit der Zunge über ihre Wange bis zu ihrem Mundwinkel.

»Sag das noch mal.«

Sie zitterte, ihre Hände lagen flach auf seinem Rücken – sie hatte ganz vergessen, sich gegen ihn zu wehren. »Was?«

»Meinen Namen.« Mit der Zunge zeichnete er ihre üppige, verführerische Unterlippe nach. »Sag ihn noch mal.«

»Talon.«

»Ich mag es, ihn aus deinem Mund zu hören«, sagte er und küsste sie aufs Kinn, um dann zu der seidigen Haut an ihrem Hals überzugehen.

Lustvoll bog sie sich ihm entgegen und grub die Fingernägel in seine Schultern. »Was machst du mit mir?«

»Schätzchen, ich tue alles, was du willst«, murmelte er. Er hatte völlig vergessen, wo sie waren und – noch viel wichtiger – sogar wer sie war.

Nichts war mehr wichtig außer der reißenden Begierde, die ihn überfiel, sobald er in die Nähe dieser Frau kam.

Ungeduldig schob er mit dem Kinn den Halsausschnitt ihres T-Shirts zur Seite, um die Lippen über ihr Schlüsselbein gleiten zu lassen.

»Oh«, hauchte sie und rieb sich an seiner großen, harten Erektion.

Er knurrte und wollte ihr schon die weite Trainingshose herunterreißen, doch da fiel sein Blick auf ein winziges Mal an ihrem Schlüsselbein.

Es war wie eine eiskalte Dusche.

In einer Sekunde konnte er an nichts anderes denken als an das rasende Verlangen, und in der nächsten richtete er sich auf und fuhr sich mit zitternden Händen durch die zerzausten Haare.

»Oh, Scheiße«, keuchte er.

Sie stützte sich auf die Ellbogen. »Was?«

Sein Blick klebte förmlich an dem Muttermal, das sich dunkel von ihrer elfenbeinfarbenen Haut abhob. »Ein Rabe.«

Sie zuckte zusammen. Als hätte er sie geschlagen. »Das ist kein Rabe, sondern ein Muttermal.«

»Das Zeichen des Bösen.« Die Worte waren ihm über die Lippen gekommen, bevor er daran denken konnte, welche Wirkung sie auf Isi haben würden.

Er war ein Jäger, verdammt, kein Diplomat.

»Des Bösen?« Isi sprang auf, nahm einen dicken Ast vom Boden und zielte damit auf seinen Kopf. Ihre Wut war herrlich. »Hau bloß ab, du Dreckskerl!«

Verärgert, weil er ganz vergessen hatte, diese Frau als den Feind zu behandeln, und damit womöglich sein Volk in Gefahr gebracht hatte, wandte er sich zum Gehen.

Er brauchte Abstand, um wieder einen klaren Kopf zu kriegen.

Oder um wenigstens seinen Ständer in den Griff zu kriegen.

»Mit Vergnügen«, fauchte er und lief zurück zum Landhaus seiner Eltern.

Der Ast sauste dicht an seinem Ohr vorbei. »Und komm ja nicht wieder!«, schrie sie.

Er wandte den Kopf, um ihr einen letzten wütenden Blick zuzuwerfen. »Sobald du die Wildlands verlässt, bringen dich die Ältesten um. Das garantiere ich dir«, knurrte er.

Sie zeigte ihm den Finger. »Scheißkerl!«

Talon stürmte davon.

Zum ersten Mal kam er sich wirklich wie ein Scheißkerl vor.

3

Als Isi schläfrig seufzend aufwachte, war es später Vormittag, und die Sonne fiel durch das offene Fenster.

Für einen Augenblick desorientiert setzte sie sich auf und sah sich verwirrt im Zimmer um, dessen Wände in einem fröhlichen Gelb gestrichen waren.

Verdammt, wo war sie? Das war nicht das Zimmer, das sie im letzten Monat bewohnt hatte.

Es dauerte eine Minute, bis die Erinnerungen vom Vorabend über sie hereinbrachen.

Talon.

Der Scheißkerl.

Talon der Scheißkerl. O ja. Der Name passte perfekt.

Sie stemmte sich aus dem Bett und stapfte ins angrenzende Bad.

Über eine Stunde lang hatte sie gestern Abend an der Grenze der Wildlands ausgeharrt, bevor die Übelkeit sie wieder zum Landhaus getrieben hatte. Ihr Instinkt hatte ihr eindringlich geraten, nach New Orleans zurückzukehren und mit dem ersten Bus am Morgen die Stadt zu verlassen. Aber sie war nicht restlos überzeugt, dass die Gefahr durch die Ältesten nicht doch real war.

Schließlich war ihr keine andere Wahl geblieben, als ins Landhaus zurückzukehren, wo ihre ständige Übelkeit zumindest gelindert wurde.

Allerdings nicht so sehr wie in der Nacht zuvor, wie sie feststellte, als sie kurz duschte und in einen Bademantel schlüpfte. Was nur eines bedeuten konnte. Talon war nicht mehr im Haus.

Gut, sagte sie sich grimmig und ging in das andere Zimmer, das er jetzt wieder übernommen hatte, um ihre Kleidung zusammenzusuchen und diese in ihr neues, viel zu sonniges Zimmer zu bringen. Lieber ertrug sie die Übelkeit als seine abstoßende Gegenwart.

Während sie sich einredete, dass sie ihn wirklich abstoßend fand, zog Isi sich eine Jeans und ein enges Top an, das nur knapp ihre kleinen Brüste bedeckte. Als ihr auffiel, dass der tiefe Ausschnitt des Tops ihr böses Muttermal zeigte, musste sie trotzig lächeln. Dann fuhr sie sich durch die blau gesträhnten Haare, bis sie stachelig hochstanden, und machte sich auf den Weg zur Klinik, in der ihre Schwester noch immer um ihr Leben kämpfte.

Nur zu deutlich spürte sie die Gegenwart der Pumas, die ihr in einigem Abstand folgten, als sie hoch erhobenen Hauptes auf dem schmalen Pfad aus dem abgelegenen Sumpfland ins Dorf ging.

Vom ersten Tag an hatte sie erfahren müssen, dass

ihre Anwesenheit in den Wildlands die unerwünschte Aufmerksamkeit der Raubkatzen auf sich zog.

Manche waren neugierig, manche hoffnungsvoll, die meisten waren aber getrieben von einem raubtierhaften Hunger. Es gab keinen Zweifel, dass sie nur auf eine Gelegenheit warteten, Isi in Stücke zu reißen.

Nicht die nettesten Nachbarn, die sich eine Frau wünschen konnte. Aber traurigerweise auch nicht die schlimmsten.

Isi war mit gerade mal vierzehn Jahren aus einem Waisenhaus weggelaufen und hatte in Chicago auf der Straße gelebt.

Das war schwer zu übertreffen.

Am Krankenhaus angekommen betrat sie das Holzgebäude durch einen Seiteneingang und lief direkt in den rückwärtigen Teil zum Zimmer ihrer Schwester.

Anders als in den Krankenhäusern der Menschen stank es hier nicht nach Antiseptika und Desinfektionsmitteln. Stattdessen lag der Duft von Heilpflanzen und Tränken in der Luft sowie der bei jedem Pantera einzigartige exotische Moschusduft.

Außerdem herrschte ein eklatanter Mangel an steril-weißen Wänden und Linoleumböden. In dieser Klinik waren die Wände mit Kirschholz getäfelt, und auf dem Boden lagen handgewebte Teppiche.

Isi war nicht überrascht, Raphael am Bett ihrer Schwester vorzufinden, als sie das Zimmer betrat.

Der Mann wich nur vom Bett seiner Gefährtin, wenn ihn eine ernste Notlage dazu zwang.

Als Isi hereinkam, stand er auf und bot ihr seinen Platz neben dem Bett an.

»Guten Morgen, Isi.«

Eilig hockte sie sich auf die Stuhlkante. In der Nähe dieses Mannes war sie immer ein wenig nervös.

Auch wenn er geschworen hatte, sie zu beschützen, war er doch kurz vor dem Durchdrehen. Isi wollte nicht in der Nähe sein, wenn Ashe etwas zustieß.

»Wie geht es ihr?«, fragte sie, den Blick auf die dunkelhaarige Frau gerichtet, die unter einer handbestickten Decke in dem mit Schnitzereien verzierten Bett lag.

»Sie hält sich tapfer.« Die Müdigkeit in Raphaels Stimme lenkte ihre Aufmerksamkeit auf seine ausgezehrten Züge.

Himmel, er sah aus, als hätte er seit Tagen nicht geschlafen.

»Geh dich doch ein bisschen hinlegen«, schlug sie vor. »Ich bleibe bei Ashe.«

Er zögerte kurz, so als müsste er überlegen, ob er Isi genug vertraute, um sie mit seiner Gefährtin allein zu lassen. Dann schien ihm klarzuwerden, dass er kurz vor dem Zusammenbruch stand, denn er nickte widerwillig.

»Ich bin gleich am Ende des Flurs.«

Er beugte sich über seine Gefährtin und küsste sie zärtlich auf den Mund, dann verließ er den Raum und zog behutsam die Tür hinter sich zu.

Allein mit der Frau, die angeblich ihre Schwester

sein sollte, betrachtete Isi deren blasse, schöne Gesichtszüge, die ihren eigenen nur entfernt ähnlich sahen. Im letzten Monat hatte sie jeden Tag an diesem Bett gesessen. Meistens hatte sie ihrer Schwester beim Schlafen zugesehen, doch hin und wieder war Ashe aufgewacht und zu einem kurzen Gespräch fähig gewesen.

Trotzdem blieb sie für Isi eher eine Fremde als ein Familienmitglied.

Was ihr nur recht war.

Um ihren Gedanken keine Gelegenheit zu geben, zu *Talon dem Scheißkerl* abzuschweifen, konzentrierte sie sich ganz auf ihre Schwester und bemerkte es deshalb sofort, als Ashes Wimpern zuckten und sie unbewusst nach ihrem Gefährten tastete.

»Raphael?«

Isi beugte sich vor und nahm behutsam die ausgestreckte Hand. »Ich bin's. Isi.«

Die dichten Wimpern hoben sich über wunderschönen braunen Augen. »Meine Schwester.«

Isi rang sich ein unbehagliches Lächeln ab. »So sagt man, ja.«

Ashe drückte ihre Finger. »Ich wollte immer eine Schwester haben. Du nicht?«

Isi unterdrückte ein Schaudern.

In ihrer Kindheit hatte sie gelernt, dass man nur überlebte, wenn man ständig in Bewegung blieb und keine Aufmerksamkeit auf sich zog – was unmöglich war, wenn man Freunde oder Familie hatte.

Eine Schwester wäre eine Last gewesen, die sie sich nicht hätte leisten können.

Aber Ashe betrachtete sie mit großen, hoffnungsvollen Augen. Ihr die Wahrheit zu sagen, wäre ebenso schlimm, wie einen Welpen zu treten.

»Ich …« Sie rang nach Worten, die Trost spenden würden, ohne rundweg gelogen zu sein. »Ich wollte nicht allein sein.«

»Ja, genau.« Ashe nickte schwach. Trotz ihrer Blässe und den Schatten unter ihren Augen sah sie unglaublich schön aus. »Ich war immer allein. Bis Raphael kam.«

Isi runzelte die Stirn, die sanften Worte hatten sie überrascht. »Ich dachte, du hättest bei deiner Mutter gelebt?«

Ashe rümpfte die Nase. »Dixie war nicht besonders mütterlich. Ihre Zeit und ihr Geld hat sie größtenteils in der Kneipe gelassen.« Sie zögerte, ehe sie die Frage stellte, die ihr offenbar schon länger im Kopf herumging. »Was ist mit unserem Vater?«

Isi versteifte sich. »Was soll mit ihm sein?«

»Hast du ihn gekannt?«

»Nein.« Sie spürte die vertraute Wut auf den Mann, der sie verlassen hatte, als sie ihn am dringendsten gebraucht hatte. »Er hat mich in einem Waisenhaus in Shreveport abgesetzt und ist verschwunden.«

»Hast du je nach ihm gesucht?«

Isi zog finster die Brauen zusammen. Als ob sie auch nur eine kostbare Sekunde ihres Lebens an diesen nichtsnutzigen Samenspender vergeuden würde, der ihre Mutter geschwängert hatte.

»Warum sollte ich?«, fragte sie. »Wenn ich ihm wichtig gewesen wäre, hätte er mich nicht wie ein Stück Müll weggeworfen.«

Ashe legte die Hand auf ihren runden Bauch. Die Geste verriet ihren instinktiven Drang, das Baby zu beschützen, das so schnell in ihr heranwuchs.

»Heute weißt du, dass er keine andere Wahl hatte.«

Abrupt ließ Isi die Hand ihrer Schwester los und stand auf. Sie hatte sich mit aller Macht eingeredet, es wäre nichts weiter als ein Märchen gewesen, dass die Ältesten Anspruch auf ihr Leben erhoben hatten.

Und damit war sie bemerkenswert gut gefahren.

Allerdings hatte sie auch reichlich Übung darin, so zu tun, als ob es die furchtbaren Dinge in ihrem Leben nicht gäbe.

»Weiß ich das?«, murmelte sie.

»Du glaubst den Ältesten nicht?«, fragte Ashe.

Isi trat ans Fenster und sah hinaus auf die Lichtung, wo sich die Pantera zum Essen versammelten.

Es war nicht zu leugnen, dieser Anblick war einfach wunderschön – selbst für ein Mädchen, das nie für länger als eine Stunde aus der Stadt gekommen war.

Lange, mit grünen Tüchern gedeckte Tische standen zwischen üppig wachsenden Blumen und Zypressen. Zwischen den Azaleen verbargen sich Holzstatuen, die bezaubernde Einblicke in die heimische Kunst boten. Der nahe gelegene See glitzerte im warmen Sonnenlicht.

Dieses Land war aus Magie geboren worden.

Aus einer Magie, die immer mehr verblasste.

Und ihr, Isi, wollte man die Schuld daran geben.

»Würdest du das an meiner Stelle tun?« Sie lachte freudlos auf und konnte die Bitterkeit in ihrer Stimme nicht verbergen. »Du bist die schöne Prinzessin, die die Pantera rettet, und ich bin der böse Zwilling, der nichts als Zerstörung bringt.«

Sie hörte Ashes Zerknirschung, als diese nach Luft rang. »Isi, es tut mir leid. Ich habe nicht nachgedacht …«

»Hör mal, eigentlich interessiert mich das alles ja einen Scheiß«, unterbrach Isi die sanften Worte. Verdammt, wenn es etwas gab, das schlimmer war, als zu einer Art Antichrist abgestempelt zu werden, war es Mitleid. Schon beim leisesten Anflug davon bekam sie Ausschlag. »Nur Idioten glauben an Prophezeiungen.«

»Du bist nicht böse.«

Gut versteckt hinter ihrer sorgsam errichteten Mauer aus Gleichgültigkeit drehte sie sich um und begegnete dem mitfühlenden Blick ihrer Schwester.

»Tja, ich bin jedenfalls nicht gut«, sagte sie. »Und das juckt mich überhaupt nicht.«

»Ich meine es ernst«, beharrte Ashe, die offenbar genauso stur war wie sie selbst. Isi lächelte sarkastisch. Immerhin das hatten sie gemeinsam. »Du bist nicht böse.«

»Na toll.« Isi zuckte mit den Achseln, sie wollte dieses schmerzliche Gespräch nur hinter sich bringen. »Wenn du diese verrückten Katzen in den verantwortlichen Positionen davon überzeugen kannst, dass ich eine von den Guten bin, dann bin ich schon so gut wie auf dem Heimweg.«

Ashe streckte die Hand aus, und auf ihren Zügen lag eine wehmütige Sehnsucht, die gefährlich an Isis Herz rührte.

»Wir kriegen das hin«, versprach sie. »Zusammen.«

Instinktiv wich Isi zurück. Sie war noch nicht bereit, das für Ashe zu sein, was diese sich so offensichtlich wünschte.

Eine Schwester.

»Ja. Klar. Kann schon sein.« Sie zog sich Richtung Tür zurück. »Ich muss dann mal los.«

Ashe ließ die Hand sinken und musterte Isi prüfend. »Du siehst besser aus.«

Widerstrebend blieb Isi stehen. »Es ging mir auch besser. Aber jetzt ...« Sie schluckte die nächsten Worte hinunter. Um keinen Preis würde sie zugeben, dass Talon etwas an sich hatte, das ihre Übelkeit linderte. »Ist nicht so wichtig.«

Ashe biss sich auf die Lippen, die Augen wollten ihr schon wieder zufallen. »Ich befürchte, es geht dir deshalb so schlecht, weil ich dir alle Kraft raube.«

Isi zuckte mit den Achseln. »Zerbrich dir darüber nicht den Kopf. Ich bin hart im Nehmen.«

Ihre Schwester kämpfte gegen die aufsteigende Woge der Müdigkeit an. »Isi …«

»Ich komme nach dem Abendessen noch mal vorbei.«

Isi schlüpfte aus dem Zimmer, blieb aber in der Nähe, bis sie sicher war, dass ihre Schwester tief und fest schlief.

Nicht etwa, weil es ihr wichtig gewesen wäre, ob Ashe sich einsam fühlte. Oder vielleicht etwas brauchte, bevor Raphael zurückkam.

Es war nur …

Leise fluchend verließ Isi das Krankenhaus und lief geradewegs zurück zum Landhaus.

Diese Wildlands trieben sie noch in den Wahnsinn.

New Orleans

Talon ignorierte das *Geschlossen*-Schild, das gut sichtbar an der Tür des Voodoo-Shops hing. Ein Mann wie er ließ sich von solchen Hindernissen nicht aufhalten, wenn er etwas wollte. Trotzdem war er zivilisiert genug, einen Dietrich zu bemühen, anstatt die verdammte Tür einfach einzutreten.

Nachdem er sich noch einmal in der schmalen Straße umgesehen hatte, schlüpfte er in den Laden und zog die Tür hinter sich zu. Natürlich würde es

Zeugen für seinen Einbruch geben. Die Fachgeschäfte in diesen Straßen waren nie so voll, dass die Besitzer nicht mitbekämen, was in den angrenzenden Geschäften vor sich ging. Er hoffte nur, dass sie abwarten würden, ob er mit einem Beutel Diebesgut herausspaziert kam, bevor sie die Cops riefen.

Talon blieb direkt hinter der Tür stehen, denn er merkte sofort, dass er nicht allein war.

Trotz des schweren Räucherwerks in der Luft entging ihm der Geruch der beiden Menschenmänner nicht. Und auch nicht der beißend saure Gestank, der sie als Feinde zu erkennen gab.

Lautlos schlich er sich an ledergebundenen Büchern, bunten Kristallen, Voodoo-Puppen und Keramiktöpfen mit Isis Tränken vorbei zum Tattoo- und Piercingstudio im hinteren Teil des Ladens.

In der offenen Tür zögerte er und scannte das hell erleuchtete Zimmer mit seinen Augen nach verborgenen Gefahren.

Viel gab es nicht zu sehen. Die Wände waren mit Tattoo-Mustern und gerahmten Fotos von zufriedenen Kunden übersät. Es gab zwei schmale, mit weißem Papier ausgelegte Massageliegen und mehrere Rollschränkchen, in denen sich die Utensilien der Tätowierer befanden.

Keine verborgenen Schränke oder Regale.

Und, was das Beste war: keine anderen Ausgänge.

Talon rümpfte die Nase über den absonderlichen Geruch, der den Menschen mit Shakpis Zeichen anhaftete, und richtete seine Aufmerksamkeit auf die beiden Männer, die seine Gegenwart noch immer nicht bemerkt hatten.

Was für Trottel.

Einer saß an einem Tisch. Es war ein junger, blonder Mann mit den festen Muskeln eines leidenschaftlichen Bodybuilders. Die Arme und der dicke Hals waren mit Dutzenden Tattoos bedeckt, aber er war offenbar nicht hier, um sich ein weiteres stechen zu lassen.

Nein. Vor ihm stand der zweite Mann, in der Hand einen Stab mit einem kleinen Stück Metall an einem Ende.

Ein Brenneisen.

Und Talon hätte seinen rechten Arm darauf verwettet, dass es die Umrisse eines Raben zeigte.

Kurz durchfuhr ihn ein blödsinniger, scharfer Stich der Enttäuschung, ehe er sich streng ins Gedächtnis rief, dass er genau aus diesem Grund in Isis Laden gekommen war: weil die Ältesten den Verdacht hatten, sie hätte etwas mit dem Feind zu tun.

Was hatte er anderes erwartet?

Er schüttelte den Kopf und konzentrierte sich ganz darauf, lautlos ins Zimmer zu treten. Die beiden Männer waren zwar nur Menschen, aber wie Raphael am eigenen Leib erfahren hatte, besaßen die Feinde Waffen, mit denen sie Pantera schwächen und ihre Pumas gefährlich angreifbar machen konnten.

»Störe ich?«

Unter wilden Flüchen rissen beide Männer den Kopf zur Tür herum.

Der Blonde am Tisch fing sich als Erster wieder. »Hey, das hier ist eine private …«

»Scheiße«, keuchte der mit dem Brenneisen. Er hatte lange dunkle Haare, ein schmales Gesicht, dessen Züge an eine Ratte erinnerten, und braune Augen in der Farbe von Schlamm. Doch in seinem Blick lag eine Intelligenz, die dem anderen fehlte. »Lauf weg!«

»Wohl kaum.«

Talon blieb im Türrahmen stehen und machte sich kampfbereit, als der Blonde ein Messer zog und auf ihn zustürzte. Er wartete, bis der Mann in seiner Reichweite war, packte ihn an dem Arm, mit dem sein Gegner das Messer hielt, und machte sich den Schwung des Mannes zunutze, indem er herumfuhr und ihn mit dem Gesicht voran gegen den Türpfosten rammte.

Als er seinen Gegner damit vorübergehend außer Gefecht gesetzt hatte, sprach Talon ganz dicht an seinem Ohr: »Lass das Messer fallen und setz dich wie ein braver Junge in die Ecke. Dann kommst du hier vielleicht lebend raus.«

In der lästigen Überzeugung aufgrund seiner Größe der härteste Kerl im ganzen Raum zu sein, riss der Mann seinen Arm los und wollte Talon das Messer ins Gesicht rammen.

»Fick dich!«

Talon wich dem Hieb aus, packte den aufgedunsenen Kopf des Mannes und brach ihm mit einer knappen Drehung das Genick.

Der Penner hatte seine Chance gehabt.

Er ließ den Toten zu Boden fallen und wandte sich dem schlanken, rattengesichtigen Mann zu, der sich an dem Brenneisen festklammerte, als ob es ihn beschützen könnte.

Talon trat auf ihn zu, ein Unheil verkündendes Lächeln umspielte seine Lippen. »Wir müssen uns unterhalten.«

»Ich weiß nicht, wer zum Geier du bist, aber …«

»Lüg mich nicht an«, unterbrach Talon den anmaßenden Täuschungsversuch. »Ich habe dich mit Raphael gesehen.«

»Ja …« In den schlammfarbenen Augen glomm ein gerissener Funke auf. »Ja, das stimmt. Ich bin Derek, und ich bin sein Spitzel. Er wird ziemlich sauer sein, wenn du meine Tarnung auffliegen lässt.«

Schneller als mit dem bloßen Auge zu erfassen, stand Talon direkt vor dem Mann und hielt ihm die Dolchspitze unters Kinn.

»Ich sag dir, wie das hier läuft«, sagte er mit sanfter, tödlicher Stimme. »Bisher hattest du es mit Anzugträgern zu tun. Ich bin Jäger. Weißt du, was das bedeutet?«

Der Mann leckte sich die Lippen. »Nein.«

Talon zeigte dem Mann die Raubkatze in seinem Blick. Das wilde Tier beobachtete den Mann mit solchem Hunger, dass jedem Menschen angst und bange werden musste.

»Es bedeutet, in meiner Stellenbeschreibung steht, Feinde aufzuspüren und zu töten.« Er ritzte dem Mann mit dem Dolch die Haut auf. »Ich verhandle nicht. Ich heile nicht und versorge nicht. Ich töte. Und darin bin ich sehr, sehr gut.«

»Also gut«, zischte der Mann mürrisch. »Was willst du?«

»Antworten.«

»Worauf?«

»Für wen arbeitest du?«

»Isi«, antwortete er, ohne zu zögern. »Ihr gehört dieser Laden.«

Talon biss die Zähne zusammen und tat so, als würde der Puma in ihm nicht ungläubig fauchen. Was wusste dieses Tier schon von menschlichem Verrat?

»Hat sie dir gezeigt, wie man Verrätern dieses Zeichen einbrennt?«

In den Augen des Mannes flackerte etwas. Ein Warnsignal, dass er gleich lügen würde.

»Sie …«

»Die Wahrheit. Sonst fange ich an, dir Körperteile abzuschneiden.« Er senkte den Dolch und drückte ihn dem Mann in den Schritt. Nichts machte einen Mann so mitteilungsfreudig wie die Drohung, ihm seine Männlichkeit zu nehmen. »Und hier fange ich an.«

Ein Schweißfilm legte sich auf das Gesicht des

Mannes, doch seine Miene blieb verstockt. »Nein. Die Schlampe hat keine Ahnung, was hier los ist.«

Talon packte den Dolchgriff fester. Glaubte er dem Mann?

Ja, tatsächlich.

Derek markierte zwar den harten Kerl, aber im Herzen war er ein Feigling.

Wenn er Isi die Schuld hätte geben können, um seinen Arsch zu retten, hätte er es getan.

Ohne sich von der aufwallenden Erleichterung mitreißen zu lassen, deutete Talon mit dem Kinn auf den Eisenstab, den Derek noch immer in der Hand hielt. »Von wem hast du dann das Brenneisen?«

»Ich habe es selbst gemacht.« Er hob es an, um Talon den Raben am unteren Ende zu zeigen. »Gefällt es dir?«

Wut durchfuhr Talon.

Diese Arschlöcher zerstörten seine Heimat.

Sein Volk.

Er wollte Antworten. Und dann wollte er diesen Scheißkerl in kleine, blutige Stücke reißen.

»Es ist genauso widerwärtig wie du«, fauchte er. »Wo hast du gelernt, dieses Zeichen herzustellen?«

Der Mann leckte sich die Lippen. Ohne Zweifel spürte er, dass Talon nur auf einen Anlass wartete, um ihn zu töten.

»Als ich wegen einer kleinen Unstimmigkeit mit meiner Exfrau im Knast war, hat mich eine Voodoo-Priesterin angesprochen«, sagte er.

»Name?«

Der Mann zuckte mit den Achseln. »Keine Ahnung.«

Talon hob den Dolch und drückte Derek die Spitze unters Kinn.

»Versuch nicht, mich zu verarschen«, knurrte er.

Der Mann zischte vor Schmerz, war aber klug genug, den Kopf nicht wegzuziehen. »Ich weiß es wirklich nicht. Sie nannte sich Lady Cerise, aber als ich später versuchte, sie zu finden, hatte niemand je von ihr gehört. Sie muss einen falschen Namen benutzt haben.«

»Was hat sie gesagt?«

»Sie hat meine Kaution bezahlt und meinte, sie hätte einen Auftrag für mich«, berichtete Derek. »Sie gab mir eine Karte mit diesem Symbol, dem fliegenden Raben vor dem Vollmond, und mit einer Adresse darauf. Dann ist sie gegangen.«

»Was war das für ein Auftrag?«

»Ich ging zu der Adresse – ein altes Lagerhaus – und traf dort eine Gruppe Männer, die mir eine nie versiegende Geldquelle versprachen, wenn ich tue, was sie mir sagen, und nicht zu viele Fragen stelle.«

Talon kniff die Augen zusammen. Trotz seiner Drohung überraschte es ihn, dass Derek seine Fragen so bereitwillig beantwortete.

Dass der Mann ein Feigling war, hatte er gespürt. Aber musste er nicht fürchten, seine Mitverräter könnten herausfinden, dass er gesungen hatte?

»Was solltest du tun?«

Der Mann betrachtete das Brenneisen in seiner Hand. »Meine Hauptaufgabe ist es, den neuen Rekruten das Zeichen einzubrennen, aber ich mache alles, was man mir sagt.«

»Wie bist du in diesem Voodoo-Laden gelandet?«, fragte Talon. Er musste wissen, in welcher Beziehung er zu Isi stand. Warum? Der Mann runzelte die Stirn und weigerte sich, diese Frage zu beantworten. »Wegen ihres Muttermals?«

Derek blinzelte. »Was für ein Muttermal?«

»Vergiss es«, knurrte Talon und bereute es, die Frage gestellt zu haben. »Warum hast du dir diesen Laden ausgesucht?«

»Das war Lon.«

»Wer?«

»Der Anführer unserer kleinen Truppe.« Derek verzog abfällig den Mund. Offenbar hatte der Idiot eine Allergie gegen Autoritäten. Typisch. »Ich sollte Isi im Auge behalten.«

Talon setzte dem Mann den Dolch an die Kehle, seine Augen leuchteten, und die Raubkatze in ihm gierte fauchend nach Blut.

»Warum?«

Derek versteifte sich, der Gestank seiner Angst ließ Talon die Nase rümpfen. Doch seine Miene blieb anmaßend.

»Lon wollte wissen, wo sie sich aufhielt und wer in den Laden kommt.«

»Wollte er etwas über die Pantera erfahren?«

»Da war er nicht konkret. Ich sollte über jeden Buch führen, der den Laden betritt.« Enttäuschung verdunkelte seine Augen. »Wahrscheinlich haben sie gehofft, dass jemand mit ihr Kontakt aufnehmen würde. Aber mir hat man keine Informationen gegeben, ich war ja nur ein unwichtiger Handlanger.«

Talon musterte Dereks Rattengesicht prüfend. »Und das war alles?«

Er hob eine Schulter. »Für mich schon.«

»Und was ist mit den anderen?«

»Manche schleichen sich in die Wildlands und führen so schwachsinnige Rituale durch«, sagte Derek, ohne zu bemerken, dass Talon vor Wut kochte. Diese schwachsinnigen Rituale zerstörten seine Heimat. »Andere reisen ständig um die Welt.«

»Um neue Mitglieder anzuwerben?«

»Nein.« Derek bog den Kopf zurück, als würde er versuchen, sein Kinn von Talons scharfer Klinge zu entfernen. »Sie sagen, sie suchen jemanden.«

Sofort war Talons Interesse geweckt. Wenn die Feinde diese Person finden wollten, mussten die Pantera sie unbedingt zuerst in die Finger kriegen.

»Hast du eine Ahnung, wer diese Person sein könnte? Mann oder Frau? Mensch oder Pantera?«

Die Miene des Mannes war von bitterem Neid verzerrt. »Diese Informationen sind nicht für meine Gehaltsklasse bestimmt.«

Talon machte ein ungeduldiges Geräusch. »Wo ist dieses Lagerhaus?«

Plötzlich spuckte ihm der Mann ins Gesicht und nutzte den Moment der Ablenkung, um eine Pistole aus dem Rückenholster zu ziehen.

Erst jetzt begriff Talon, warum der Mann die Fragen so bereitwillig beantwortet hatte. Derek hatte nur auf eine Gelegenheit gelauert, um seine Waffe zu ziehen.

»Genug gefragt«, brüllte der Mann. »Stirb, du beschissenes Tier!«

»Nicht heute.«

Mit einer Geschwindigkeit, der kein Mensch gewachsen sein konnte, riss Talon dem Mann die Waffe aus der Hand, holte aus und versetzte Derek einen Schlag, der ihn von den Füßen riss und mit dem Gesicht voran gegen die Wand beförderte.

Derek krachte zu Boden, Blut floss aus einer Stirnwunde. Er war bewusstlos, aber Talon konnte seinen gleichmäßigen Herzschlag hören.

Grimmig zwang er sich kehrtzumachen, den Raum zu verlassen und die Tür hinter sich zu schließen.

Nichts hätte er lieber getan, als dem Mann das Herz herauszuschneiden und es an die Alligatoren zu verfüttern. Doch als Jäger wusste er, dass ein Köder manchmal das beste Mittel war, um seine Beute zu fangen.

Wenn Derek aufwachte, würde ihn sein Instinkt auf direktem Weg zum Mutterschiff führen.

Oder in diesem Fall zu dem Lagerhaus, in dem sich Lon und seine Leute versteckt hielten.

Talon würde dafür sorgen, dass jemand diesem Scheißkerl auf den Fersen blieb.

Er drückte die Schnellwahltaste auf seinem Handy. »Ich brauche ein Überwachungsteam in New Orleans. Ach, und eine Leiche müsste beseitigt werden.«

4

In der hübschen Küche mit den weißen Schränken und dem schwarz-weiß gefliesten Boden versuchte Isi gerade, Appetit aufs Abendessen aufzubringen, als Talon durch die Hintertür hereinkam.

Sofort suchte sie auf den Granit-Arbeitsflächen nach etwas, das sie ihm an den Kopf werfen könnte.

Die Keramikkeksdose würde ein gutes Geschoss abgeben, aber wahrscheinlich keinen großen Schaden anrichten. Bei den Messern aus dem Holzblock hingegen würde Blut fließen – aber nur, wenn er ihnen nicht ausweichen konnte.

Was höchst unwahrscheinlich war.

Während sie noch zwischen Kaffeemaschine und Mixer schwankte, kam er näher und stellte eine weiße Papiertüte auf den Esstisch. Der Tisch aus poliertem Eichenholz passte zum Geschirrschrank, der voller Familienerbstücke war.

»Hier.«

Sie starrte ihn finster an und musste mit Abscheu feststellen, dass ihr Körper schon wieder auf seine Gegenwart reagierte.

Nicht nur das Nachlassen der Übelkeit, die während seiner Abwesenheit immer stärker geworden war, sondern auch das plötzliche sinnliche Bewusstsein, das sie wie ein Schauer überlief.

Gott. Wie war es nur möglich, dass die Brustwarzen unter ihrem Sweatshirt hart wurden und sie feucht wurde, weil ihr Körper sich darauf vorbereitete, dass er hart und rücksichtslos in sie eindrang?

Ja, okay, er war umwerfend.

Ein großer, verblüffend gut aussehender Krieger mit schlankem, muskulösem Körperbau und Augen, die im schwindenden Licht mehr jadegrün als golden wirkten.

Sie war so verdammt sauer auf ihn, aber ihr Körper sehnte sich nach ihm, als ob ... als ob er ihr einen ihrer eigenen Liebestränke verabreicht hätte.

In dem verzweifelten Versuch, diese zerstörerische Woge der Lust zu entschärfen, die sie ebenso unerwünscht wie unerwartet überrollt hatte, deutete Isi auf die weiße Tüte.

»Was ist das?«

Er zog eine Plastikschale aus der Tüte und nahm den Deckel ab. »Gumbo.«

Isis Augen weiteten sich, als ihr der Geruch das Wasser im Mund zusammenlaufen ließ. Ein so himmlisch riechendes Gumbo gab es nur in einem einzigen Laden.

»Das ist mein ...« Sie unterbrach sich, weil sie dem skrupellosen Jäger nichts Persönliches von sich preisgeben wollte.

»Lieblingsessen?«, fragte er und holte einen Löffel aus einem der Küchenschränke. Wieder am Tisch steckte er den Löffel in die Schale mit dem Gumbo, um dann mit undurchdringlicher Miene Isis angespannte Haltung zu mustern. »Ich weiß.«

Sie runzelte die Stirn.

Zwar wusste sie, dass Pantera den Verstand eines Menschen beeinflussen konnten, aber dass sie ihre Gedanken lesen konnten, hatte sie noch nie gehört.

»Woher?«

Er verzog den Mund zu einem Lächeln. »Als ich aus deinem Laden kam, stürzte sich eine Frau auf mich und wollte wissen, wo du bist und warum sie nichts von dir gehört hat.«

»Emile.« Der älteren Frau gehörte das Restaurant auf der anderen Straßenseite. Sie machte das beste Gumbo in ganz Louisiana und wachte über Isi wie eine Glucke. Vor Angst zog sich ihr das Herz zusammen. »Was hast du ihr angetan?«

»Ich habe ihr gesagt, du wärst krank geworden und ich würde mich um dich kümmern.« Er zeigte auf die Schüssel. »Sie meinte, das Gumbo wäre unbedingt nötig, um dich gesund zu machen.«

Isi schüttelte ungläubig den Kopf.

Selbst in ausgeblichenen Jeans und einem abgetragenen T-Shirt sah Talon wie ein gefährliches, ja tödliches Raubtier aus.

»Sie hat dir geglaubt?«

»Warum sollte sie auch nicht? Es ist die Wahrheit.« Er bot ihr einen Stuhl an. »Iss.«

Sie atmete tief ein und genoss den Duft von Meeresfrüchten und Reis in reichhaltiger Brühe. Es roch unglaublich, doch beim bloßen Gedanken an eine derart würzige Mahlzeit rebellierte ihr Magen.

»Ich glaube nicht, dass ich das kann.«

Sein Lächeln verschwand. »Sei nicht so stur. Ich kann deinen Hunger doch spüren.«

Sie verschränkte die Arme über ihrem knurrenden Magen und hoffte, dass es wirklich ihr Hunger war, den er wahrnahm, und nicht die Hitze in ihr, die nichts mit dem schwülwarmen Bayou-Abend zu tun hatte.

»Ich kann es nicht bei mir behalten«, murmelte sie.

»Ach so.« Verstehen leuchtete in den jadegoldenen Augen auf. Dann breitete er überraschend die Arme aus. »Komm her.«

Unbeholfen wich sie einen Schritt zurück. »Auf keinen Fall.«

»Du bist so stur.« Er pirschte um den Tisch herum und kam auf sie zu.

Sie stieß mit dem Hintern gegen die Küchentheke, die einen weiteren Rückzug verhinderte.

»Was zum Teufel tust du da?«, krächzte sie, als er unaufhaltsam näher kam, bis er sich eng an sie drückte.

Er schloss sie in die Arme und senkte den Kopf, bis sie ganz und gar von seiner Körperwärme und seinem Moschusduft eingehüllt war.

»Ich mache, dass es dir besser geht«, flüsterte er.

»Nicht …« Sie vergaß, was sie hatte sagen wollen, denn die Übelkeit verging, und an ihre Stelle trat ein warmes, angenehmes Gefühl. Selbst die pochenden Schmerzen im Hinterkopf hörten auf. »Oh, verdammt«, knurrte sie und ließ den Kopf an seine Brust sinken. Sie wusste, sie sollte sich dagegen wehren. Der Mann hatte sie als böse bezeichnet, um Himmels willen. So ein Arschloch. Aber es fühlte sich so verdammt gut an.

Sie atmete tief ein und konzentrierte sich auf den köstlichen Geruch, der tief in sie eindrang und den letzten Rest der Übelkeit vertrieb.

Allerdings bemerkte sie auch, dass er ihr mit erschreckend zärtlichen Bewegungen den Rücken streichelte, immer auf und ab. Und dass sein warmer Atem über ihre Wange strich. Und dass sich seine Erregung hart und groß gegen ihren Unterleib drängte.

Aber im Augenblick war es das herrliche Gefühl, dass es ihr gut ging, das sie glücklich aufseufzen ließ.

»Kannst du jetzt etwas essen?«, fragte er.

»Ja.«

Ohne Vorwarnung hob Talon sie hoch und trug sie zum Tisch. Doch anstatt sie wieder auf die Füße zu stellen, setzte er sich auf den hölzernen Stuhl und nahm sie auf den Schoß.

»Talon ...«

»Pssst.« Er zog die Schale mit dem Gumbo direkt vor Isi. »Iss.«

Wieder wusste sie, dass sie sich eigentlich wehren sollte.

Dieser neue, bessere Talon war ganz offensichtlich ein Trick.

Keine Sekunde lang glaubte sie, dass es ihn auch nur im Mindesten interessierte, ob es ihr schlecht ging.

Aber es war Wochen her, seit sie zuletzt wirklich Appetit gehabt hatte. Und das Gumbo roch einfach so verdammt gut.

Warum sollte sie ihr Abendessen nicht genießen?

Nach dem Essen war noch genug Zeit, sauer auf ihn zu sein.

Sie nahm einen riesigen Löffel voll Gumbo und stopfte es sich unter ungeniertem Verzicht auf alle damenhaften Manieren in den Mund.

Als der Geschmack von Flusskrebsen und exotischen Gewürzen auf ihre Zunge traf, seufzte sie auf. »Oh, Gott.« Hastig schaufelte sie sich den nächsten Löffel in den Mund. »Das ist himmlisch.«

Talon sah schweigend zu, wie sie ihre Mahlzeit vertilgte, und streichelte ihr dabei unaufhörlich den Rücken, den Blick fest auf ihr Gesicht gerichtet. Isi versuchte nach Kräften, ihn zu ignorieren. So gut eine Frau eben einen eins neunzig großen Puma-Gestaltwandler ignorieren konnte, der das Gesicht eines gefallenen Engels hatte und dessen unverhohlene Sinnlichkeit sie wie schweren Samt auf der Haut spürte.

Nach dem letzten Bissen verkniff sie es sich – gerade so –, die Schüssel auszulecken, und ließ den Löffel auf den Tisch fallen. Dann seufzte sie zufrieden und genoss das Gefühl, satt zu sein.

»Ich könnte dir diesen Ausdruck auch aufs Gesicht zaubern«, flüsterte Talon mit tiefer Stimme an ihrem Ohr. Eine Hand lag an ihrem Hals, mit der anderen hatte er ihre Hüfte gepackt und drückte sie an seine große Erektion. »Das habe ich sogar schon.«

Sie kniff die Augen zusammen. Ging er jetzt von der Show des fürsorglichen Heiligen nahtlos zur Verführungsroutine über?

»Du redest doch nur Scheiße«, murmelte sie.

Er knabberte sacht an ihrem Kinn und hob dabei die Hüften an, um seine Erektion an ihrem weichen Po zu reiben.

»Und trotzdem willst du mich.«

Sie erschauerte vor ungestümem Verlangen. Ja, sie wollte ihn. Verdammt. Es kostete sie ihre gesamte Selbstbeherrschung, sich nicht zu ihm umzudrehen und sich an seinem Schwanz zu reiben, um ihr gnadenloses Verlangen zu stillen.

Aber sie hatte sich den ganzen Tag lang eingeschärft, dass sie *Talon dem Scheißkerl* keine weitere Gelegenheit geben würde, sie zu demütigen.

Er hatte sie böse genannt.

Und er glaubte, sie wäre dazu bestimmt, sein Volk zu vernichten.

In ihrem Leben gab es schon genug Leute, die über sie urteilten, ohne irgendetwas von ihr zu wissen, herzlichen Dank auch.

»Was wolltest du in meinem Laden?«, fragte sie, um sich ins Gedächtnis zu rufen, dass sie diesem Pantera nicht über den Weg trauen durfte.

Er stieß ein tiefes Knurren aus und packte ihren Hals für einen Moment fester, ehe er frustriert seufzte und sein Handy aus der Tasche holte.

Dann rief er den Fotoordner auf und wählte dort ein Bild aus, das unverkennbar vor ihrem Laden aufgenommen worden war.

»Das hier«, sagte er.

Irritiert legte sie die Stirn in Falten. »Mein Van?«

Er zeigte auf das Emblem, das auf die hintere Seitenwand aufgemalt war. Ein fliegender Rabe vor einem Vollmond.

»Das ist das Zeichen von Shakpi«, sagte er leise. »Unserer Erzfeindin.«

Sie versteifte sich in seinen Armen. Obwohl sie mit einer offenen Anschuldigung gerechnet hatte, trafen sie seine Worte.

»Ich habe den Wagen nicht lackiert«, rutschte es ihr heraus.

»Ich weiß.« Er klang überraschend sicher und ließ das Handy auf den Tisch fallen. »Dein Mitarbeiter Derek hat es entworfen.«

Sie warf ihm einen verblüfften Blick zu. Woher zum Geier kannte er Derek?

»Ja. Er meinte, das würde mehr Kunden bringen. Mir hat es einfach gefallen, weil ...« Sie hob die Hand an ihr Muttermal, ließ sie aber gleich wieder sinken, als ihr einfiel, dass er dieses Mal für die physische Manifestation des Bösen in ihr gehalten hatte. Sie zuckte mit den Achseln. »Ich fand es cool.«

Ohne den Blick von ihr abzuwenden, strich er sacht über den dunklen Fleck an ihrem Schlüsselbein. »Deswegen.«

Seine Berührung brannte wie Feuer auf ihrer Haut, steckte ihre Nerven in Brand und machte sie unerträglich empfindsam.

Worüber sie nur wütend wurde.

Talon sollte nicht der Mann sein, nach dessen Berührung sie sich verzehrte und der ein solches Verlangen in ihr weckte, dass sie kaum noch denken konnte.

Er *durfte* es einfach nicht sein.

»Und deshalb bist du in meinen Laden gegangen, um nach meinen Hörnern, meinem Schwanz und meiner Teufelsgabel zu suchen«, murmelte sie mürrisch, während sich ihre Brustwarzen erwartungsvoll verhärteten. »Hast du sie gefunden?«

»Ich habe Derek gefunden.« Er beugte sich vor, um die Lippen an die Stelle seiner Fingerspitzen zu legen. Eine Berührung mit verheerender Wirkung. »Und er hat zugegeben, dass du nichts mit den Verrätern zu tun hattest.«

Sie erschauerte, den Blick fest auf die wilde Schönheit seines Gesichts gerichtet, während er mit der Zunge ihr unverwechselbares Muttermal nachzeichnete.

»Und trotzdem traust du mir nicht«, brachte sie heiser hervor. Sie bekam kaum noch Luft.

Er strich ihr durch die kurzen Haarsträhnen und bog ihren Kopf zurück, um mit den Lippen die seidenweiche Haut an ihrem Hals erkunden zu können. »In deiner Nähe traue ich meinem eigenen Urteil nicht mehr.«

Sie versuchte, ein Stöhnen zu unterdrücken. »Was soll denn das jetzt wieder heißen?«

»Die Prophezeiung sagt, dass es dir vorherbestimmt ist, mich zu vernichten.« Er nahm die Hand von ihrer Hüfte, um mit den Fingerspitzen verspielt über die nackte Haut ihres Rückens zu streichen. Dann, während er sie sanft in die empfindliche Stelle zwischen Hals und Schulter biss, ertastete er das Band, das ihr winziges Top im Nacken zusammenhielt. Ein Ruck, und der seidige Stoff fiel herab und enthüllte ihre nackten Brüste. Zischend lehnte sich Talon ein Stück zurück, um sein Werk zu bewundern. Wildes Verlangen verdunkelte das Jadegrün an den Rändern seiner Iris. »Aber wenn ich dich anschaue, sehe ich nur, wie sehr ich dich will.«

»Talon«, keuchte sie, unfähig, den sehnsuchtsvollen Ton in ihrer Stimme zu verbergen.

Er grub die Finger fest in ihre Haare. Fordernd und besitzergreifend.

»Sag das noch mal.« Es war keine Bitte, sondern ein Befehl.

»Talon.«

Isi verlor sich in dem unbarmherzigen Feuer in seinen Augen, ihr war, als würde sie in der gewaltigen Hitze seines Verlangens langsam schmelzen.

Was zum Teufel war nur mit ihr los?

Sie sollte doch besser als jeder andere wissen, dass man sich vor den Monstern schützen musste, die ihre Welt bevölkerten. Die Perversen, die Zuhälter und die Missbrauchstäter, eine ständige Gefahr für junge Mädchen, die auf sich selbst gestellt waren.

Warum war sie dann jetzt, wo sie in den Wildlands gefangen und von Feinden umgeben war, so wild darauf, sich zutiefst verwundbar zu machen? Sie sollte diesen Katzen das Fell über die Ohren ziehen, statt gegen den Drang anzukämpfen, die Hände in seinen dichten goldenen Haaren zu vergraben und ihn zu küssen, bis ihm Hören und Sehen verging.

Aber vielleicht betrachtete sie das alles aus dem falschen Blickwinkel, überlegte sie, als er den Kopf senkte und mit der Zungenspitze ganz sacht über ihre Brustwarze fuhr.

Herrgott. Vielleicht sollte sie einfach akzeptieren, dass sie diesen Mann aus irgendeinem Grund wollte, und ihn einfach benutzen, wie er es ohne Zweifel auch mit ihr machte.

Wenn sie schon seine Gefangene war, könnte sie dafür doch wenigstens einen atemberaubenden Orgasmus mitnehmen, oder?

Isi ließ sich keine Zeit, über die zahlreichen Logiklöcher in ihren vernebelten Gedanken nachzudenken, sondern packte den Saum ihres Tops und zog es ganz aus, um dann mit seinem T-Shirt das Gleiche zu machen.

Der Anblick seiner glatten, braun gebrannten Haut über den straffen, kraftvollen Muskeln ließ sie erzittern. Seine breite Brust verjüngte sich zu einem flachen Bauch, und es juckte sie in den Fingern, sein Sixpack genauer zu erkunden. Er hatte schlanke, schön definierte Muskeln ohne zu viel Masse. Und seine Hände … Gott, seine Hände waren magisch. Er umfasste ihre Brüste mit einer besitzergreifenden Geste, die ihr die Hitze direkt in die intimsten Körperstellen trieb.

Er war gestählte Männlichkeit in Perfektion – von Kopf bis Fuß und an jedem Zentimeter dazwischen.

Scheißkerl.

»Das hat nichts zu bedeuten«, murmelte sie.

»Du kannst dir einreden, was du willst, Schätzchen.« Ein bedächtiges, anzügliches Lächeln umspielte seine Lippen. »Aber glaub keine Sekunde, dass du diese Nacht je wieder vergessen wirst.«

»Eingebildeter Kerl.«

Isis Herz geriet vor Schreck ins Stottern, als er ihr in die Brustwarze biss. Wie konnte ihr ein so winziger Schmerzreiz Stöße der Ekstase durch den ganzen Körper jagen?

»Ich vertraue nur auf meine Fähigkeit, dir Vergnügen zu bereiten.«

»Du redest doch nur Müll …« Ihre höhnischen

Worte gingen vollends unter, als er die Lippen um ihre Brustwarze schloss und so geschickt daran saugte, dass sie vor Lust zitterte. »Oh.«

»Ganz richtig, oh«, knurrte er und ließ die Lippen über ihr Schlüsselbein wandern. »Ich will dich schmecken, überall.«

Sein verführerischer Moschusduft drang in ihre Sinne ein und nistete sich so tief in ihr ein, dass sie fürchtete, er würde für immer ein Teil von ihr bleiben.

»Was machst du mit mir?«, flüsterte sie. Rastlos ließ sie die Hände über seine Brust gleiten.

Sein sanftes Lachen strich über ihre Wange, er öffnete ihren Jeansknopf, half ihr aus der Hose und schleuderte den Stoff dann quer durchs Zimmer.

»Nichts, was du nicht auch mit mir machst.« Er lehnte sich zurück, um den Blick sengend heiß über ihren Körper, an dem sie jetzt nur noch einen roten Stringtanga trug, wandern zu lassen.

Isi zitterte, sie konnte förmlich spüren, wie der Blick seiner jadegrün-goldenen Augen von dem Tattoo an ihrem Hals zu ihrem Busen glitt, der sich plötzlich seltsam schwer anfühlte.

»Warum geht es mir besser, wenn ich deinen Duft rieche?«

Er packte sie an der Hüfte und strich mit den Lippen über ihre Brüste.

»Ehrlich gesagt, habe ich keine Ahnung.«

»Wirkt er wie ein …«

Er hob ihre Hüfte an und drehte Isi so zu sich um, dass sie mit gespreizten Beinen auf seinem Schoß saß. Ein Stöhnen drang aus ihrer Kehle, als sein harter Schwanz auf ihre Klitoris traf und sie fast gekommen wäre.

»Wie ein was?«

Das Denken fiel ihr schwer, weil er sich wieder ihren schmerzenden Brüsten widmete. »Wie ein Aphrodisiakum?«

»Manchmal.« Er legte den Kopf in den Nacken und lächelte sie verheißungsvoll an. »Aber glaub mir, um dich rasend vor Lust zu machen, brauche ich so etwas nicht.«

Sie grub die Fingernägel in seine glatten Schultern. »Mach dich nicht über mich lustig.«

Unablässig reizte er ihre Brustwarzen und rieb seinen Schwanz genau an der richtigen Stelle. Oh ... verdammt. Es fühlte sich gut an. Brutal und sagenhaft gut.

»Ich will eine ganze Menge«, sagte er. Unter Küssen bahnte er sich einen Weg zwischen ihren Brüsten abwärts. »Aber mich über dich lustig zu machen, gehört nicht dazu.«

»Talon.«

Mit einem tiefen Stöhnen hob Talon den Kopf und eroberte ihre Lippen in einem Kuss, der völlige Hingabe und Unterwerfung forderte. Lust durchströmte sie und brannte allen Widerstand restlos nieder.

»Bevor diese Nacht zu Ende ist, wirst du meinen

Namen rufen«, flüsterte er heiser an ihren Lippen. »Wieder und wieder.«

Unverhohlen fordernd presste sie sich an seinen harten Schwanz. »Große Reden schwingen kannst du. Aber woher weiß ich, dass du auch hältst, was du versprichst?«

Er schmunzelte und hinterließ einen Pfad aus brennend heißen Küssen auf ihrem Hals. »Fordere nie einen Pantera heraus, Schätzchen. Sonst lasse ich dich am Ende nie mehr aus meinem Bett.«

Sein besitzergreifender Ton ließ sie instinktiv zurückscheuen.

»Ich stehe aus deinem Bett auf, wann immer ich will«, warnte sie ihn. Fordernd rieb sie sich an seinem Schwanz und musste lächeln, als ihn ein heftiger Schauer der Lust überlief. »Und wenn du glaubst, mich mit Sex manipulieren zu können, solltest du dir das lieber zweimal überlegen.«

»Isi«, knurrte er mit zusammengekniffenen Augen. »Kannst du aufhören, in allem, was ich sage, eine Beleidigung zu suchen?«

»Du sollst nur nicht denken …«

Er streichelte sie überall und bedeckte ihre Brüste und ihren flachen, bebenden Bauch mit rastlosen Küssen.

»Ich denke gar nichts«, flüsterte er heiser. »Es gibt nur dich und mich. Lass dich einfach fallen.«

Erschrocken schnappte Isi nach Luft, als er sie an der Taille packte, und bevor sie wusste, wie ihr geschah, saß sie auf der Tischkante, und Talon kniete zwischen ihren gespreizten Beinen. Er beugte sich vor und leckte ihren Bauchnabel. Ein plötzlicher Strahl der Erregung traf sie direkt zwischen den Beinen.

Heilige Scheiße. Talon war ein echter Jäger.

Er ging sofort aufs Ganze.

Die Hände hinter sich auf den Tisch gestützt, wurde sie von Sinneseindrücken geradezu bestürmt. Seine kühn erkundenden Hände, die feuchten Liebkosungen seiner Zunge, der berauschende Moschusduft, der ihr die Sinne vernebelte.

Als wäre sie mitten in einen reißenden Strudel geraten.

»Nur für heute Nacht«, brachte sie mit rauer Stimme hervor.

Er hob den Kopf und sah sie mit offener Belustigung an. »Du gibst auch keinen Zentimeter nach, was, Isi?«

»Niemals.« Weil sie weit über den Punkt hinaus war, an dem sie hätte umkehren können, beschloss sie, dass ihr keine andere Wahl blieb, als sich in das Unausweichliche zu fügen. Sie fuhr mit beiden Händen an seinem Hals hinauf und grub die Finger in seine Haare. »Und jetzt halt den Mund und beweise mir, dass du mehr kannst als nur reden.«

Oh, verdammt, das hatte sie doch nicht wirklich getan?

Kein Pantera konnte widerstehen, wenn seine Männlichkeit so offen herausgefordert wurde.

Besonders wenn der Beweis seiner Männlichkeit darin bestand, es immer und immer wieder mit dieser Frau zu tun, bis sie sich vor lauter Befriedigung nicht mehr rühren konnte.

Natürlich wäre es ihm lieber gewesen, wenn sie ihn nicht so voller Trotz und Misstrauen angesehen hätte, so als würde er auf irgendwelche ruchlosen Mittel sinnen, um ihr wehzutun. Allerdings konnte er ihr das kaum verübeln, schließlich hatte er ihr nicht viel Anlass gegeben, ihm zu trauen.

Das allerdings würde sich bald ändern.

Behutsam schob er ihre Beine auseinander, strich mit beiden Händen an ihren nackten Schenkeln hinauf und blickte gebannt auf den winzigen Hauch Spitze zwischen ihren Beinen, der ihre köstliche Muschi vor seinen Augen verbarg.

Sein Herz hämmerte wild, als sich seine Finger dem süßen Fleckchen näherten, die Heftigkeit seines Verlangens brachte ihn ein wenig aus dem Gleichgewicht.

Er hatte damit gerechnet, dass sein menschlicher Anteil es kaum erwarten konnte, mit dieser Frau zu schlafen. Obwohl er versucht hatte, sich einzureden, dass ihr nicht zu trauen war, hatte er die ganze Zeit gegen sein erbarmungsloses Begehren ankämpfen müssen. Doch die wilde Begierde seines Pumas traf ihn unerwartet.

Noch nie hatte er das Tier beim Sex so dicht unter der Oberfläche gespürt. Es war ein unglaublich erotisches Gefühl, den Widerhall seiner Lust in seinem inneren Tier zu spüren.

Er fragte sich nicht, warum der Puma so sehr von Isi fasziniert war.

Allmählich allerdings keimte ein gewisser Verdacht in ihm.

Zischend stieß Isi die Luft aus, als der Puma Talons Augen zum Glühen brachte und das Zimmer in goldenes Licht tauchte. Aber sie hatte keine Angst. O nein, nicht seine furchtlose Isi.

Sie besaß die gleiche rohe Begierde, die auch ihn trieb.

»Ich will dich lecken«, sagte er mit belegter Stimme. Endlich hatten seine Fingerspitzen den Rand ihres Strings erreicht. »Ich kann nicht mehr warten.«

Ihre Augen verdunkelten sich, und sie grub die Hände fester in seine Haare, als er eine Kralle hervortreten ließ und den zarten Stoff durchtrennte. Der Satin fiel auf den Tisch, und sie lag nackt und entblößt vor seinen begierigen Blicken. Der Puma in ihm knurrte lustvoll.

Verdammt.

Sie war wunderschön.

Ihm lief das Wasser im Mund zusammen. Langsam beugte er sich vor, wobei er ihre Reaktion genau beobachtete. So sehr er sich nach ihr verzehrte, war er doch darauf gefasst aufzuhören, sobald sie sich auch nur das kleinste Zögern anmerken ließ.

Sie sah ihn unter gesenkten Lidern an, das Gesicht vor Leidenschaft gerötet. Dann, für einen atemlosen Moment, verspannte sie sich, und ihre Miene wirkte besorgt. Talon schluckte einen Fluch hinunter.

Isi war mit Gewalt in die Wildlands verschleppt worden, und dann hatte man sie genötigt, hierzubleiben.

Er würde sie nicht zum Sex drängen, wenn sie irgendwelche Zweifel hatte.

Doch bevor er sich zurückziehen konnte, griff sie fester in seine Haare und zog ihn zu sich.

Er sah ihr tief in die Augen. »Bist du sicher?«

»Ganz sicher.« Sie nickte langsam. Im matten Licht schimmerten ihre dunklen Haare mit den blauen Strähnen wie Satin. »Wage es ja nicht aufzuhören.«

Einige Sekunden lang beobachtete er sie, bis er das rasende Verlangen in ihren mitternachtsfarbenen Augen sah.

Erst dann beugte er sich vor und ließ endlich die Zunge durch ihre feuchte Spalte gleiten.

Genüsslich schloss sie die Augen.

Herrgott.

Sie schmeckte nach Magnolien und nach Weiblichkeit. Nach süßer, köstlicher Sahne und nach Stärke.

Talons Schwanz zuckte und drängte sich schmerzhaft gegen den Reißverschluss seiner Jeans.

Er wollte in ihr sein. Unbedingt.

Er wollte sie kennzeichnen. Nicht nur mit seiner Leidenschaft, sondern mit seinem Geruch. Mit seinem ganzen Selbst.

Der Gedanke hätte ihm Angst machen müssen. Aber noch nie war ihm etwas so richtig vorgekommen.

Diese Frau war haargenau das, was er brauchte. Stark. Unabhängig. Doch ihr Herz sehnte sich danach zu lieben.

Sie hatten beide ihre Familie verloren, und beide suchten sie einen Ort, der ihnen ein Zuhause werden konnte.

Etwas, das sie sich gemeinsam aufbauen konnten.

Isi allerdings scheute vor seinen besitzergreifenden Tierinstinkten zurück.

»Leg deinen Puma an die Leine, Fellknäul«, sagte sie.

Er fasste sie an der Taille, damit sie stillhielt, während seine Zungenspitze ihre pralle Klitoris suchte und fand.

»Mein Puma sollte deine geringste Sorge sein, Schätzchen.«

»Du ... oh, verdammt.«

Ausnahmsweise fehlten ihr die Worte, als Talon die Zungenspitze über ihre zarte Knospe schnellen ließ. Sie hob die Hüfte an, ein stummes Flehen nach Erlösung. Wieder und wieder strich er über ihre feuchte Hitze, und der Puma in ihm fauchte zufrieden, als er der widerspenstigen Frau ein leises Wimmern abrang.

In diesem Moment war nichts mehr wichtig, als dieser Frau so große Lust zu bereiten, wie sie es nie zuvor erlebt hatte.

»Komm für mich, Isi«, forderte er mit belegter Stimme.

Sie stöhnte und zitterte am ganzen Körper, sie war kurz vor dem Höhepunkt. »Nein, Talon«, keuchte sie. »Ich will dich in mir spüren.«

Ihr sanftes Flehen fuhr ihm durch Mark und Bein, und er zog sich widerwillig zurück. So sehr er sich auch danach sehnte, ihren Höhepunkt zu schmecken, wollte er doch gleichzeitig all ihre Wünsche erfüllen.

Und wenn er dafür auf ihren Orgasmus warten musste, bis er tief in ihr war … dann würde er genau das tun.

Mit zusammengebissenen Zähnen stand Talon auf, streifte eilig die Schuhe ab, um seine Jeans loszuwerden. Isis Geschmack lag ihm noch auf der Zunge, und von dem Duft nach Magnolien wurde ihm schwindlig.

Entweder bemerkte Isi nicht, dass er schon fast kam, oder sie kostete ihre Macht über ihn aus. Rastlose Leidenschaft glomm in ihren dunklen Augen, als sie sein großes, pulsierendes Glied betrachtete.

Er schlang die Arme um ihre Taille, hob sich hoch und küsste sie voll besitzergreifender Lust.

»Ich kann nicht länger warten«, raunte er.

Genüsslich schlang sie die langen Beine um seine

Hüften und sah ihn mit anzüglichem Lächeln an. »Ich dachte, Pumas wären für ihre Ausdauer bekannt.«

»Warte nur, du.« Talon ließ sich auf den Stuhl sinken, die Spitze seines Schwanzes dicht am Eingang ihres Körpers. Dann drang er langsam, aber unerbittlich, in ihre feuchte Höhle ein und hörte erst auf, als sich seine Eier an ihren Hintern pressten.

»O Gott … ja«, brachte sie heiser hervor.

Talon strich ihr über den Rücken, nahm ihre Brustwarze zwischen die Lippen und kostete ihr leises, lustvolles Stöhnen aus. Sie schmiegte sich so perfekt an ihn wie ein Handschuh, und er zitterte unter der Anstrengung zu warten, bis sie sich an seine Größe angepasst hatte.

»Du fühlst dich so perfekt an«, sagte er. »Reite mich, Isi.«

Sie stützte sich auf seine Schultern und hob die Hüften an, bis sein Schwanz bis zur Spitze aus ihr herausglitt, um sich dann langsam wieder herabzusenken und ihn tief in sich aufzunehmen. Talon murmelte einen Fluch, umklammerte ihre Hüften und kämpfte gegen den Orgasmus an, der sich bereits aufbaute.

Verdammt. Gerade hatte sie seine Ausdauer herausgefordert. Um keinen Preis würde er kommen, bevor er sicher war, sie befriedigt zu haben.

Doch noch nie zuvor hatte Sex eine solche Wirkung auf ihn und seinen Puma gehabt.

Schweiß bildete sich auf seiner Stirn, während er sich auf die betörende Schönheit ihrer mitternachtsfarbenen Augen konzentrierte. Misstrauen und Argwohn waren verschwunden, ihre Pupillen waren geweitet. Ihre Bewegungen wurden schneller.

Rhythmisch schob er ihr die Hüften entgegen, und als sie sich über ihn beugte und ihn so fest in den Halsansatz biss, dass er blutete, entfuhr ihm ein zufriedenes Knurren.

Die Luft war vom Duft ihrer Erregung gesättigt, und ihr schlanker Körper wölbte sich über ihn, als sie den Kopf zurückwarf und sich ganz in ihrer Lust verlor.

»Talon«, rief sie leise, eine Spur Verzweiflung in der Stimme, als der Orgasmus nahte.

»Schatz«, flüsterte er. »Vertrau mir.«

»Ich ....« Sie stöhnte vor Lust auf, als Talon ihre Hüfte fester packte und in unnachgiebigem Tempo in sie stieß. »Ja, genau so!«

»Ich hab dich, Isi.« Es war ein Schwur. Er legte die Hand an ihren Hinterkopf und zog sie zu sich herab, um sie wild und leidenschaftlich zu küssen. »Und ich lasse dich nie wieder los.«

Ihre Zungen waren ineinander verschlungen, die Körper bewegten sich in fieberhaftem Tempo. Und dann, als Talon gerade glaubte, er würde jeden Moment explodieren, spürte er, wie Isi sich versteifte und ihr Schrei der Erfüllung auf seine Lippen traf.

Seine Krallen traten hervor und ritzten die Haut an ihrem Rücken, als sich ihre inneren Muskeln rhythmisch um ihn zusammenzogen. Heftig stieß er die

Hüften nach oben und ließ seiner Begierde in einem Ausbruch wilder Ekstase freien Lauf.

Der Puma in ihm heulte befriedigt auf, als der Orgasmus über ihn hereinbrach. In heftigen Wellen durchströmte die Lust seinen ganzen Körper.

Im selben Moment traf ihn die Erkenntnis.

Diese Frau gehörte ihm.

Sie war seine Gefährtin.

Sein Schicksal.

Bis in alle Ewigkeit.

5

Die kraftlose Isi auf den Armen stolperte Talon mühsam die Treppe hinauf. Er hatte immer noch weiche Knie von der gewaltigen Explosion seiner Lust.

Ein Teil von ihm wäre gern noch in der Küche geblieben, hätte sie dort auf den Tisch gelegt und sein Abendessen von ihrer seidigen, nach Magnolien duftenden Haut eingenommen, um gleich anschließend wieder in sie einzudringen und sie beide ins Paradies zu streicheln.

Doch der logische denkende Teil von ihm wusste, dass sie reden mussten, bevor er sich seiner wilden Begierde hingeben konnte.

Nicht zuletzt würde er ihr irgendwie erklären müssen, dass er sie in der Hitze ihrer Leidenschaft als seine Gefährtin markiert hatte.

O ja. Das würde ganz prima ankommen.

Er zog eine Grimasse. Hoffentlich würde sie ihm nicht die Eier abschneiden, wenn er schlief.

Seltsamerweise wunderte es ihn überhaupt nicht, warum er sie so einfach als Gefährtin akzeptiert hatte, nachdem er sie kurz vorher noch für den Erzfeind gehalten hatte.

Der Puma in ihm hatte schon gewusst, dass sie zusammengehörten, als er zum ersten Mal ihren Duft gewittert hatte. Nur der Mann hatte ein bisschen länger gebraucht, um das zu kapieren.

Jetzt waren sich die beiden einig.

Isi war seine Gefährtin.

Und irgendwie musste er sie dazu bringen, dass auch sie ihn akzeptierte.

Was um einiges leichter gewesen wäre, wenn er sie nicht beschuldigt hätte, der Todfeind der Pantera zu sein.

In seinem Schlafzimmer angekommen, legte er sie mitten auf das große Bett und kuschelte sich neben sie. Sacht zog er sie in die Arme, und sie schmiegte den müden Kopf an seine Schulter.

Es fühlte sich so … richtig an.

Nicht nur, Isi in den Armen zu halten, sondern auch wieder in diesem Landhaus zu sein, das so viele Jahre leer gestanden hatte.

Es kam ihm beinahe vor, als könnte er den Segen seiner Eltern spüren.

Leise seufzend bog Isi den Kopf zurück. Die Schatten verhüllten ihre exotische Schönheit.

»Das hätte nicht passieren dürfen«, murmelte sie.

Er lächelte sarkastisch. Auf diese Worte wartete er schon, seit sie so erfüllt und befriedigt auf ihm zusammengesunken war.

»Warum?«

Sie versuchte, die Barrieren wieder aufzubauen, die sie zwischen sich und der Welt errichtet hatte.

»Ist doch klar. Weil ich nicht mit Leuten schlafe, die mich für böse halten.«

Er legte ihr einen Finger unters Kinn und verlor sich sofort in der dunklen Schönheit ihrer Augen. »Ich halte dich nicht für böse.«

Auf ihrem blassen Gesicht zeigte sich eine Spur Verletzlichkeit. »Was dann?«

Er streichelte mit dem Daumen ihre Unterlippe und ließ den Blick über ihre grazilen Gesichtszüge gleiten. Die Piercings in ihrer Nase glänzten. Sie unterstrichen Isis einzigartige Schönheit noch, genau wie ihre Tattoos und sogar das Muttermal.

Sie bewiesen, dass diese Frau ebenso sehr eine Kämpfernatur war wie er selbst.

»Ich glaube, dass du einen beschissenen Start ins Leben hattest. Aber du hast mehr geschafft, als nur zu überleben. Du bist eine intelligente, kluge Frau geworden, die sich ein eigenes Geschäft aufgebaut hat«, flüsterte er sanft. »Und so mutig und loyal, dass du Krankheit und Leid auf dich nimmst, um deiner Schwester zu helfen, die für dich eine völlig Fremde ist.«

Ihre Miene blieb stur und trotzig. »Netter Versuch. Aber wir wissen beide, dass ich nur bleibe, weil die Ältesten mich tot sehen wollen.«

Er beugte sich über sie, um ihr einen kurzen, zutiefst sinnlichen Kuss zu stehlen. »Dir selbst kannst du etwas vorlügen, wenn du willst. Aber mir nicht.« In den letzten Stunden hatte er die sanftmütige Frau hinter der harten Fassade kennengelernt. »Wenn Ashe nicht wäre, wärst du gleich in der ersten Nacht wieder aus den Wildlands verschwunden.«

Sie holte scharf Luft. »Sag das nicht.«

Er runzelte die Stirn. Deutlich spürte er ihr Unbehagen. »Warum hast du solche Angst davor, deine Gefühle zuzugeben?«

»Weil Gefühle etwas für Verlierer sind.«

»Für Verlierer?«

»Sie sind wie Anker, die einen runterziehen.« Ihr schlanker Körper verspannte sich plötzlich. »Wenn man überleben will, muss man in Bewegung bleiben.«

Ihm zog sich das Herz zusammen. Er konnte sich gut vorstellen, wie Isi als kleines Mädchen einsam und verängstigt in einer seelenlosen Umgebung aufgewachsen war, die sie gelehrt hatte, dass Gefühle eine Schwäche waren.

»Oder du kannst dich auf den Schutz derjenigen verlassen, die dich lieben.« Er strich ihr über den nackten Rücken und ließ die Hand auf den verheilenden Kratzspuren ruhen, die ihre Paarverbindung besiegelten.

Die Berührung an der empfindlichen Wunde ließ sie erzittern. »Ich verlasse mich auf niemanden außer auf mich selbst.«

»Du kannst dich auf mich verlassen.«

Sie stemmte sich gegen seine Brust. »Nein.«

»Doch.« Mit kämpferischer Miene sah er ihr fest in die Augen. »Du spürst es doch, Isi. Leugne es nicht.«

In ihren Augen blitzte die Wahrheit auf – auch sie wusste, dass sie vom Schicksal füreinander bestimmt waren.

Aber das hieß nicht, dass sie sich in dieses Schicksal fügen würde.

Nicht kampflos.

»Und was ist mit den Ältesten?«, fragte sie. Mit aller Kraft wollte sie eine Mauer zwischen ihnen bauen. »Die glauben, es wäre meine Bestimmung, dich zu vernichten.«

Er presste die Lippen zusammen. Darauf hatte er keine Antwort.

Noch nicht.

Aber er war verdammt sicher, dass sie kein Unheilbringer war.

Das Problem war nur, wie er das beweisen sollte.

»Wie hast du von den Pantera erfahren?«, fragte er plötzlich.

Sie zuckte die Achseln. »Jeder kennt doch die Gerüchte über wilde Geschöpfe, halb Mensch, halb Tier, die in den Sümpfen hausen.«

»Die meisten halten uns für eine Legende«, bemerkte er. »Aber du hast dich auf Kunden meiner Spezies spezialisiert.«

Allmählich wich die starre Anspannung aus ihren Muskeln, und sie malte geistesabwesend Muster auf seine Brust. Talon erzitterte unter der zarten Berührung, und der Puma in ihm schnurrte zufrieden.

Himmel, für diese Berührungen würde er durchs Feuer gehen.

»Es hat mich schon immer fasziniert, die Tinte für meine Tattoos mit verschiedenen Materialien anzureichern«, sagte sie leise. Sie schien überhaupt nicht zu bemerken, dass sie ihn vollkommen gezähmt hatte. »Und eine der Voodoo-Priesterinnen, die mir beigebracht haben, Zaubersprüche und Tränke zu entwickeln, hat mich ermutigt, Malachit zu benutzen. Sie war es auch, die mir den ersten Pantera vorgestellt hat. Und dann noch weitere.«

Talon griff die naheliegende Verbindung auf. »Hieß diese Voodoo-Priesterin vielleicht Lady Cerise?«

»Nein.« Sie starrte ihn an. Echte Angst flackerte in ihren Augen. »Woher kennst du diesen Namen?«, fragte sie ihn.

Er legte ihr eine Hand in den Nacken und streichelte mit dem Daumen sanft über ihren Hals. »Sie hatte deinen Freund Derek angesprochen«, sagte er. »So ist er in deinen Laden gekommen.«

Der Atem stockte ihr in der Kehle, ihre Augen waren weit aufgerissen. »O Scheiße.«

Vor Sorge zog sich ihm das Herz zusammen. Offenbar fühlte Isi sich von dieser Frau bedroht.

»Wer ist sie?«

Isi zitterte. »Zum ersten Mal hat sie mich in Baton Rouge angesprochen. Ich war schon bei Esme in der Ausbildung, aber Lady Cerise kam immer wieder in den Voodoo-Laden, in dem ich arbeitete, und behauptete, sie könnte mir Magie zeigen, die sehr viel mächtiger sei als meine Tränke.«

»Und du hattest kein Interesse?«

»Sie hatte etwas ... Böses an sich.« Sie kniff die Augen zusammen, als ihr seine dumme Reaktion auf ihr Muttermal wieder einfiel. »Etwas wirklich Böses.«

Demonstrativ senkte er den Kopf und strich mit den Lippen über das dunkle Mal an ihrem Schlüsselbein, eine stumme Entschuldigung dafür, dass er sie verletzt hatte.

»Also hast du ihr Angebot abgewiesen?«, fragte er, die Lippen auf ihrer Haut.

Mit einem kläglichen Seufzen akzeptierte sie, dass er sich nicht auf Abstand halten ließ, und schob die Hand in seine Haare, während seine Lippen die faszinierende Stelle am Übergang zwischen ihrem Hals und ihren Schultern suchten.

»Nicht nur das.« Sie klang ein wenig abgelenkt. »Als sie sich ein Apartment im gleichen Haus wie ich genommen hat, bin ich aus Baton Rouge geflohen und nach New Orleans gezogen. Sie war mir wirklich unheimlich.«

»Ist sie dir gefolgt?« Talon nahm ihre Hand und legte sie auf seinen sehnsuchtsvoll schmerzenden Schwanz.

Ohne weitere Ermutigung schlang sie die Finger um seine harte Erektion und strich daran hinunter bis zu den schweren Hoden.

Ein anzügliches Lächeln umspielte ihre Lippen, als er gequält aufstöhnte.

»Ja, aber sie blieb auf Abstand, und ich versuchte, sie nach Möglichkeit zu ignorieren.«

»Irgendetwas muss sie von dir gewollt haben«, sagte Talon, der versuchte, die Teile dieses gefährlichen Puzzles zusammenzusetzen.

Er wusste jetzt, dass die Feinde Isi verfolgt hatten und dass sie nach jemandem suchten, der offenbar wichtig für ihre Sache war. Außerdem hatte er dafür gesorgt, dass die Anzugträger Derek im Auge behielten, weil der sie irgendwann zu dem Lagerhaus führen würde, in dem sich hoffentlich Lon und seine Leute versteckt hielten.

Später würde er noch jemanden nach New Orleans schicken, um nach der geheimnisvollen Lady Cerise zu suchen.

Das alles waren Schritte in die richtige Richtung.

Im Augenblick wollte er sich jedoch nur auf seine neue Gefährtin konzentrieren.

In gleichmäßigem Tempo massierte sie sein steifes Glied, immer auf und ab. Er seufzte heiser auf.

»Lady Cerise ist nicht die Einzige, die etwas von mir will«, murmelte sie.

Mit einem erstickten Stöhnen wälzte Talon sich auf sie und nahm ihr schmales Gesicht in beide Hände.

»Ich will nur, dass du glücklich bist«, gelobte er und hielt ihrem misstrauischen Blick stand, damit sie keine Zweifel an seiner Aufrichtigkeit haben konnte. »Und ich verspreche dir, dich glücklich zu machen. Ganz egal, was ich dafür tun muss.«

Sie öffnete den Mund, ihre Miene spiegelte eine Mischung aus Misstrauen und widerwilliger Hoffnung.

»Talon.«

»Du weißt, dass du zu mir gehörst. Du spürst es hier.« Er drückte die Lippen direkt auf ihr hämmerndes Herz. »Und hier.« Er fuhr mit der Zungenspitze über ihre harte Brustwarze, um dann ihren flachen Bauch mit Küssen zu bedecken. »Und hier.«

»O Gott«, stöhnte sie, öffnete instinktiv die Beine, und er leckte ihre warme, köstliche Süße.

»Und ganz besonders hier«, flüsterte er heiser und stieß die Zunge tief in sie hinein. Sie rang nach Luft, bog sich ihm entgegen und krallte sich in die Laken. »Gib es zu, Isi«, drängte er sie. Als sie beharrlich schwieg, setzte er die süße Folter fort. »Sag, dass du zu mir gehörst.«

»Ich ...« Ihre Worte wichen einem glückseligen Seufzen, und sie griff fest in seine Haare, als er sie mit geschickter Zunge zu einem schnellen Orgasmus brachte. »Ja.«

»Was, ja?«

»Ich gehöre zu dir.«

Er hob den Kopf und sah ihr in die vor Lust verschleierten Augen. »Für immer.«

Im Grunde genommen wusste Isi, dass sie den Verstand verloren hatte.

Es gab keine andere Erklärung für diese Freude, die in ihr sprudelte, während sie eng umschlungen mit diesem nervigen Puma auf dem Bett lag.

Ihrem Puma.

Talon hatte recht gehabt.

Sie hatte die Verbindung zu ihm schon gespürt, bevor sie sich zum ersten Mal begegnet waren.

Sein einzigartiger Moschusduft hatte nicht nur ihre Übelkeit verfliegen lassen, sondern auch eine tiefe Sehnsucht in ihr geweckt, die sie aber erst richtig wahrgenommen hatte, als sie ihn gesehen hatte.

Es war, als hätten ihr Herz und ihre Seele bereits gewusst, dass sie den Mann gefunden hatte, der ihre Barrikaden durchbrechen und die einsame Frau dahinter für sich gewinnen würde.

So ein richtig kitschiges Ende wie aus einem Märchen, von dem sie sonst immer einen Würgereiz bekam.

Ihrer Ansicht nach verkaufte Disney kleinen Mädchen einen Riesenhaufen Scheiße.

Und dann war Talon in ihr Leben geplatzt.

Von ihrer ersten Begegnung an hatte dieser reizbare, unerträglich arrogante Puma alles getan, um ihr auf den Keks zu gehen.

War es da ein Wunder, dass sie sich schwertat, die wachsende Bindung zwischen ihnen zu akzeptieren?

Zumal ihr Talon weder die Zeit noch den Raum

ließ, um sich über ihre intensive und sich schnell wandelnde Beziehung klarzuwerden.

Auf einen Ellbogen gestützt betrachtete er sie unter kritisch zusammengezogenen Brauen.

»Du hast es gesagt.« Er klang vorwurfsvoll. »Du hast gesagt, dass du zu mir gehörst.«

Sie gab sich Mühe, von seiner Beharrlichkeit genervt zu sein. Dummerweise konnte sie kaum einen zusammenhängenden Gedanken fassen, während sie sein atemberaubend schönes Gesicht betrachtete. Himmelherrgott. Kein Mann sollte so umwerfende Augen haben. Das war einfach nur unfair.

»Man kann jemanden nicht auf etwas festnageln, das er oder sie im Bett gesagt hat.« Ihre Stimme klang jämmerlich schwach. »So lautet die Regel.«

»Wessen Regel?«, fragte er.

»Meine.«

Er beugte sich über sie, bis sich ihre Nasen berührten. Das Licht fing sich in den kupferhellen Strähnen in seinem Haar.

»Mein Bett, meine Regeln. Du hast gesagt, du gehörst zu mir, dann ist es auch so.«

Sie schüttelte den Kopf. Vielleicht hätte sie ihn weggestoßen, wäre ihr Körper nicht vom letzten explosiven Orgasmus so träge gewesen.

»Das kannst du nicht einfach so entscheiden.«

Plötzlich versteifte sich Talon, als hätten ihre Worte einen Nerv getroffen.

»Na ja. Ich sollte dir wohl beichten, dass …«

Sie zog eine Braue hoch, als er zögerte. Seit wann unterbrach sich der eingebildete »Ich hab immer recht«-Talon, um seine Worte zu überdenken?

»Was?«, fragte sie.

»Dass ich dich gekennzeichnet habe.«

Sie starrte ihn an und wartete auf die Pointe. Ganz bestimmt hatte er gerade nicht das gesagt, was sie glaubte, gehört zu haben.

»Was meinst du mit *gekennzeichnet?*«, fragte sie. »Mit einem Paarungszeichen?«

Mit düsterer Miene sah er sie fest an, bis sie akzeptieren musste, dass er keinen Witz gemacht hatte.

»Ja.«

Sie leckte sich die trockenen Lippen. »Was heißt das?«

»Du weißt, was es bedeutet.« Er strich an ihrem Rücken hinunter und ließ die Hand an der empfindlichen Stelle verweilen, an der sie nun sein Zeichen trug. »Du gehörst mir.«

Isi gab sich alle Mühe, über diese unerhörte Verkündung Wut zu empfinden.

Welches Recht hatte er, sie zu kennzeichnen?

Sie war niemandes Eigentum, niemand konnte so einfach Anspruch auf sie erheben.

Sie war eine vollkommen unabhängige Frau und hatte nicht die Absicht, sich an einen anderen Menschen zu binden. Erst recht nicht an einen Pantera.

Aber da war keine Wut.

Ihr kam sogar der verstörende Verdacht, dass sie

nur mal ihre Deckung sinken lassen müsste, um zu erkennen, dass dieses Zeichen die unausweichliche Folge ihres hitzigen Paarungsspiels gewesen war.

»Meinst du nicht, du hättest mich fragen sollen, ob ich dir gehören will?«, zwang sie sich zu fragen.

Seine Augen waren mehr jadegrün als golden, und er betrachtete sie mit einer Zärtlichkeit, bei der ihr das Herz in der Brust hämmerte.

»Es war keine freie Entscheidung.« Federleicht strich er über das Zeichen seiner Ansprüche auf sie. Die zärtliche Berührung jagte ihr sinnliche Stöße der Lust durch den Leib. »Jedenfalls nicht für mich.«

Eine Woge der Zufriedenheit überrollte sie, noch bevor sie trotzig das Kinn recken konnte. »Und für mich?«

Er sah ihr in die Augen, und sein Moschusduft reizte ihre Sinne wie das exquisiteste Aphrodisiakum. »Ich würde dich nie gegen deinen Willen festhalten, Isi«, gelobte er. »Ob du die Gefährtenbindung mit mir akzeptierst oder nicht, liegt ganz in deiner Hand.«

»Und wenn ich es nicht tue?«, fragte sie provozierend. »Was wird dann aus dir?«

Wilder, roher Schmerz verdunkelte seinen Blick. »Dann werde ich für den Rest meines Lebens versuchen, mir deine Liebe zu verdienen.«

Isi biss sich auf die Lippe.

Natürlich hatte er genau die richtigen Worte gefunden.

Der Scheißkerl.

»Oh«, flüsterte sie.

Er senkte den Kopf und küsste sie. Dann stieß er plötzlich einen zischenden Laut aus, sprang mit einem Satz aus dem Bett und rannte zum Fenster. »O Mist.«

Der Schreck fuhr Isi in die Glieder, und sie stand ebenfalls auf. »Was ist?«

»Zieh das an«, befahl er und warf ihr eines seiner T-Shirts zu, um dann selbst in eine ausgewaschene Jeans zu steigen.

Ohne Widerrede zog Isi sich das T-Shirt über den Kopf. Es fiel ihr bis auf die Oberschenkel und bedeckte so alles Wesentliche.

Dabei war es ihr eigentlich ziemlich scheißegal, was man von ihr sehen konnte. Ganz offensichtlich passierte hier gerade etwas Schlimmes.

»Was ist los, Talon?«, flüsterte sie heiser.

Er sah grimmig aus. »Eindringlinge.«

O verdammt. Angstvoll zog sich ihr Herz zusammen.

»Menschen?«

»Nein.« Er lief zur Schlafzimmertür.

»Wo gehst du hin?«

»Sie loswerden.«

Von Panik durchströmt, eilte Isi hinter ihm die Treppe hinunter und in die Küche. Sie brauchte nicht zu fragen, wer dort draußen war. So aufgeschreckt, wie Talon war, konnten es nur die Ältesten sein.

»Geh nicht allein«, flehte sie. »Wir müssen Raphael anrufen.«

Ohne in seinem entschlossenen Schritt zu verharren nahm Talon sein Handy vom Tisch und warf es ihr zu.

»Ruf du an«, sagte er mit einem warnenden Blick. »Und bleib bloß im Haus.«

»Aber ...« Sie fluchte leise, als er das Haus verließ und die Tür fest hinter sich schloss. »Verdammt.«

Mit zitternden Händen schaltete sie das Handy ein und suchte Raphaels Nummer. Nach wenigen Sekunden hörte sie die vertraute Stimme.

»Ja?«

»Hier ist Isi«, sagte sie. Ihre Stimme war kaum mehr als ein heiseres Krächzen. »Komm raus zum Landhaus. Schnell!«

Sie legte das Handy auf den Küchentresen, ging zur Tür und öffnete sie.

Talon konnte mit Befehlen um sich werfen, so viel er wollte, aber eher wollte sie zur Hölle fahren, als tatenlos zuzusehen, dass er ihre Kämpfe für sie austrug.

Sie trat auf die Veranda hinaus und entdeckte die beiden großen männlichen Pantera in Menschengestalt, die, umgeben von einem seltsamen Nebel, hinter dem Gartentor standen. Eine entsetzliche Kälte fuhr ihr ins Herz, als sich der Nebel lichtete und drei weibliche Pantera enthüllte.

Die Fellfarben der drei reichten von Braun bis zu makellosem Weiß, und auch ihre Augenfarben waren unterschiedlich. Gemeinsam aber war ihnen die Aura einer uralten magischen Kraft.

Eine Art von Kraft, gegen die Isi niemals ankommen könnte.

Die Ältesten.

Erschrocken fuhr sie zusammen, als die drei plötzlich anfingen zu sprechen. Nicht nur weil sich ihre Stimmen zu einer einzigen vereinten, sondern weil sie nicht laut sprachen. Isi hörte die Stimmen in ihren Gedanken.

»Geh ins Haus, Talon«, befahlen sie dem Mann, der ihnen den Weg zum Haus versperrte.

Unbeirrbar verschränkte der Puma die Arme vor der Brust. »Nein.«

Ein Zittern überlief den Nebel, der die Ältesten umgab, als wären sie verblüfft über seinen Widerstand. Seltsam. Obwohl Isi ihn erst wenige Tage kannte, hätte sie ihnen gleich sagen können, dass er allergisch darauf reagierte, wenn ihm jemand etwas vorschreiben wollte.

»Wir müssen die Frau opfern, um unser Land vor der Zerstörung zu schützen«, sagten sie im Chor.

Isi schlang die Arme um ihre Taille und starrte die Pumas finster an. Diese Biester.

Talon knurrte aus tiefster Kehle. »Ihr wisst nicht einmal, ob dieses Opfer wirklich helfen würde, die Wildlands zu retten.«

»Es wurde vorausgesagt.«

»Prophezeiungen können alles Mögliche bedeuten,

je nachdem, wie man sie interpretiert«, widersprach Talon.

Die Ältesten betrachteten ihn ausdruckslos. Plötzlich lag eine kribbelnde Hitze in der Luft.

»Willst du die Zukunft deines Volkes aufs Spiel setzen, um diese Frau zu schützen?«

Seine Antwort kam ohne jedes Zögern. »Ja.«

Isi vergaß zu atmen. Sie hatte den Blick fest auf Talons breiten Rücken gerichtet; er stand zwischen ihr und den mächtigen Frauen, die ihren Tod wollten.

Noch nie hatte sich jemand für sie eingesetzt. Ganz zu schweigen, sein Leben riskiert, um sie zu retten.

Gott ... Talon war bereit, sein Volk zu opfern.

Die letzte Schutzschicht fiel von ihr ab, als die Beziehung zwischen ihnen an ihren vorherbestimmten Platz fiel und sie unwiderruflich miteinander verband.

Sie spürte Überraschung, bevor die Stimmen der Ältesten in ihrem Kopf hallten.

»Du hast sie zur Gefährtin genommen.«

»Das Schicksal hat uns zu Gefährten gemacht«, entgegnete Talon.

Gefährten. Ja. Das war das perfekte Wort für die Art, wie sie sich mit Talon verbunden fühlte.

Doch noch während sie versuchte, sich an den Gedanken zu gewöhnen, dass ihre Zukunft für immer an diesen Puma geknüpft war, überkam sie eine rasende Wut.

Solange sie zurückdenken konnte, war sie allein gewesen, und jetzt, als sie gerade die Chance hatte, ihr Leben mit jemandem zu teilen – mit einem Mann, den sie liebte, und einer Schwester, die auf sie angewiesen war, drohten die verdammten Ältesten, ihr all das wieder wegzunehmen.

»Es ändert nichts«, sagten sie, während sie Isi mit grimmiger Entschlossenheit musterten.

»So ein Scheiß«, fauchte Talon. »Es ändert alles.«

»Wenn du uns die Frau nicht überlässt, stirbst du«, drohten die Ältesten.

Talon zuckte mit den Schultern. »Dann sterbe ich eben.«

»Nein.«

Voller Entsetzen kam das Wort von Isis Lippen, als sie die Stufen hinablief und sich an die Seite ihres Gefährten stellte.

Talon drehte sich um und starrte sie mit schwelendem Unmut an. »Ich hab dir doch gesagt, dass du im Haus bleiben sollst.«

Sie strich ihm durch die seidigen Haare. Vor Angst zog sich ihr Herz zusammen – eine Angst, die nichts mit der Gefahr für ihr eigenes Leben zu tun hatte, sondern nur mit dem Mann, der irgendwie ein lebenswichtiger Teil ihrer Welt geworden war.

»Ich werde nicht zulassen, dass sie dir etwas antun.«

Auf seine Züge trat das unbändige Bedürfnis, sie zu beschützen. »Das ist nicht deine Entscheidung.«

»Doch«, sagte sie sanft. »Das ist es.«

»Verdammt, Isi«, knurrte er. »Du bist nicht mehr allein. Wir stecken da zusammen drin.«

Zusammen. Ein sehnsüchtiges Lächeln legte sich auf ihre Lippen.

Was für eine Ironie. Ihr Leben lang hatte sie Beziehungen gemieden, weil sie geglaubt hatte, den Preis dafür nicht zahlen zu wollen. Und jetzt, wo sie dem sicheren Tod gegenüberstand, erkannte sie, dass Liebe keinen Preis hatte.

Liebe nahm nicht.

Sie gab.

Und zwar alles.

»Nicht, wenn ich dafür zusehen muss, wie du stirbst«, sagte sie heiser. »Alles, nur das nicht.«

Der Puma glühte in Talons Augen auf, und seine Gefühle erhitzten die Luft. Die beiden Panteramänner eilten auf sie zu.

»Isi ... nein!«

Ihr Finger strich über seine Lippen, dann drehte sie sich um und rannte, so schnell sie konnte, zum Seitentor. Einmal noch sah sie sich um und zeigte den Ältesten den Mittelfinger.

»Ihr wollt mich? Dann fangt mich doch, ihr Biester!«

6

Talon war auf die beiden Jäger konzentriert, die sich auf ihn stürzten. Er war bereit, sie zu töten, wenn das nötig war, um seine Gefährtin zu schützen.

Es spielte keine Rolle mehr, dass er mit ihnen zusammen ausgebildet worden war oder dass sie nur die Befehle der Ältesten befolgten.

Wenn sie sich zwischen ihn und die Frau stellten, die ein Teil von ihm geworden war, mussten sie sterben.

Er wollte sich gerade verwandeln, als einer der Pantera plötzlich stehen blieb und eine kleine Armbrust auf ihn richtete.

Verdammt, was war das?

Er wich zur Seite aus, doch das kleine Geschoss streifte seinen Oberschenkel.

Die Waffe war nicht groß genug, um ernsthaften Schaden anzurichten, trotzdem merkte Talon schnell, dass er in Schwierigkeiten steckte.

Schon strömte ein starker, mit Malachit versetzter Zaubertrank in seine Blutbahn, fesselte den Puma in ihm und raubte Talon alle Kräfte.

Gott. Verdammt.

»Misch dich nicht ein, Talon«, dröhnten die Stimmen der Ältesten in seinem Kopf. Dann nahmen sie die Verfolgung von Isi auf, die bereits über das Gatter gesprungen und in den Sümpfen verschwunden war.

Die beiden Wächter folgten ihnen und ließen Talon, der auf den Verandastufen zusammengebrochen war, allein zurück.

Tiefschwarze Wut umfing ihn, und der Puma in ihm brüllte verzweifelt, als die Witterung seiner Gefährtin verblasste.

Auf Händen und Knien versuchte er, sich zum Tor zu schleppen, und weigerte sich aufzugeben, obwohl er wusste, dass er es nie vor den Ältesten zu Isi schaffen würde.

Um zu seiner Gefährtin zu kommen hätte er sich durch das ganze verdammte Land geschleppt.

Kriechend hatte er den Weg zum Gartentor zur Hälfte geschafft, als er einen überraschten Fluch hörte und plötzlich Raphael neben ihm kniete.

»Was ist hier los, zum Teufel?«

Talon griff nach Raphaels Hand. »Die Ältesten. Sie … sie haben Isi. Du musst sie retten.«

»Scheiße«, murmelte Raphael. »Was haben sie dir angetan?«

Mühsam hob Talon den Kopf und sah Raphael in die Augen, in denen Wut leuchtete.

»Malachit«, brachte er mühsam hervor.

Begleitet von einer weiteren Salve wüster Flüche tastete Raphael Talons zitternden Körper ab, bis er schließlich den Pfeil fand.

»Das wird jetzt wehtun«, warnte der ältere Puma und riss den Pfeil heraus, um Talon dann mit seinem Dolch einen tiefen Schnitt zuzufügen und den Trank aus der Wunde zu saugen wie Schlangengift.

Sofort fühlte sich Talon stärker.

Nachdem die Malachitquelle beseitigt war, wurde sein natürliches Immunsystem aktiv und bekämpfte die Wirkung des Minerals.

Mühsam stemmte Talon sich auf die Füße und wäre beinahe aufs Gesicht gefallen, hätte Raphael ihm nicht einen Arm um die Schultern gelegt und ihn an seine Seite gezogen.

»O verdammt«, knurrte er.

»Ich hab dich«, versicherte Raphael und stützte Talon auf dem Weg zum Tor.

Talon blieb unsicher auf den Beinen, seine Bewegungen schmerzhaft steif, doch er zwang sich erbittert, auf dem Weg durch die Sümpfe mit Raphael Schritt zu halten. Mit konzentrierter Miene verfolgte der andere Pantera die Witterung.

Dann blieb er plötzlich ohne Vorwarnung stehen. »Verdammt.«

Talon biss die Zähne zusammen. Das Bedürfnis, bei Isi zu sein, war kaum noch zu ertragen.

»Was?«

Raphael verzog das Gesicht. »Die Ältesten haben den Nebel benutzt, um ihren Geruch zu überdecken.«

Talon schloss die Augen und konzentrierte sich auf seine Verbindung zu Isi. »Ich finde sie.«

»Ihr seid Gefährten?«, fragte Raphael überrascht nach.

»Nicht jetzt«, fauchte Talon. »Jetzt müssen wir zu Isi.«

»Also gut. Wo sind sie?«

»Im Tempel.«

Raphael nickte knapp, und die beiden machten sich auf den Weg zum heiligsten Teil der Wildlands. Eine knappe Viertelstunde später näherten sie sich der breiten Zypressenbrücke, die den mondbeschienenen Bayou überspannte.

Es hieß, die Mitte der Brücke sei genau die Stelle, an der Opela und Shakpi geboren worden waren.

Und an dem sich Opela geopfert hatte, um ihre Schwester tief unter der Erde einzusperren.

Heute Nacht war der Fuß der Brücke hell mit Fackeln erleuchtet. In den Lichtkreisen saßen die drei Ältesten vor Isi, die an einen der hölzernen Brückenpfeiler gebunden war. Links und rechts von ihr stand ein Pantera mit einem großen Dolch Wache. Nicht dass sie die Waffen gebraucht hätten. Isi war gefesselt, geknebelt und fast bewusstlos. An ihrer Schläfe, wo sie wohl einen Schlag abbekommen hatte, bildete sich ein großer Bluterguss.

Talon brüllte vor Zorn und versuchte mit aller Macht, sich zu verwandeln, um diese Schweine in winzige, blutige Stücke reißen zu können.

»Bleibt zurück.« Die Stimmen der Ältesten donnerten in seinem Kopf, doch er lief erbittert weiter.

»Talon!« Raphael packte ihn am Arm und hielt ihn fest. Dann drehte er sich mit finsterer Miene zu den Ältesten um. »Tut das nicht.«

»Wir haben keine Wahl«, antworteten sie im Chor. »Sieh dir das Land an. Selbst hier, an diesem heiligen Ort, schwindet die Magie.«

Talon blickte auf den moosigen Boden und bemerkte zum ersten Mal, dass er einen ungesunden Braunton angenommen hatte. Einen Teil von ihm machte dieser Anblick des Verfalls traurig. Der Gedanke, dass die Wildlands in Gefahr waren, ängstigte ihn genauso sehr wie alle anderen Pantera.

Doch in diesem Moment zählte nichts anderes als Isis Rettung.

Raphael wandte sich direkt an die Ältesten. »Mein Baby ... das erste Panterakind seit fünfzig Jahren ... es wird ohne Isi sterben.«

Die Ältesten wandten ihre Aufmerksamkeit keinen Augenblick von Isi und den beiden Männern ab, die nun ihre Dolche hoben und der Frau die Unterarme aufschnitten. Die Wunden waren so tief, dass Blut über ihre Arme rann und zu Boden tropfte.

Talon wollte losstürmen, doch Raphael hielt ihn zurück. Er knurrte vor Wut, doch in seiner Blutbahn floss noch immer der Malachit und machte ihn zu schwach, um gegen den größeren Pantera anzukommen.

»Dies ist die einzige Überlebenschance für das Kind«, verkündeten die Ältesten und stießen einen angewiderten Laut aus, als Isis Blut mit lautem Zischen auf den Boden traf und alles versengte, was von der absterbenden Vegetation noch übrig war. »Da seht ihr es. Ihr Blut ist giftig.«

Erschrockene Stille erfüllte die Luft, während alle mit unterschiedlich großem Entsetzen zusahen, wie sich Isis Blut auf dem Boden verteilte und schwarze, verbrannte Erde hinterließ.

Es war, als würde in ihrem Blut ein Waldbrand wüten, der alles zerstörte, womit er in Berührung kam.

Talon überlief es eiskalt. Er wusste, was als Nächstes geschehen würde. Mit aller Kraft versuchte er, den Puma in ihm zu erreichen, und überwand mit erbitterter Entschlossenheit die Malachitreste in seinem Blut.

In einem Wirbel magischer Energie verwandelte er sich und stürzte los, bevor irgendjemand auf seine plötzliche Attacke reagieren konnte.

Er brüllte so laut, dass der Erdboden unter ihm erzitterte, und rammte einen der Bewacher, der es gewagt hatte, Isi zu verletzen. Mit einem brutalen Prankenhieb schlug er den Mann bewusstlos. Ohne zu zögern warf er sich auf den anderen Bewacher und bekam ihn zu fassen, bevor der seine Gestalt wandeln und sich verteidigen konnte.

Er schlug dem Mann die Zähne ins Fleisch, doch bevor er ihm die Kehle herausreißen konnte, war Raphael neben ihm und brüllte ihm ins Ohr.

»Warte, verdammt! Sieh doch, Talon!«

Langsam drangen die Worte durch den mordlüsternen roten Nebel, der seinen Kopf ausfüllte, und nötigten ihn, sein Opfer loszulassen und auf die Stelle zu sehen, auf die Raphael zeigte.

Verblüffung durchfuhr Talon, riss ihn aus seiner Pumagestalt und ließ ihn wieder zum Mann werden. Instinktiv stellte er sich zwischen Isi und die Ältesten, während er mit hektischem Blick beobachtete, wie die geschwärzte Erde bebte, als würde eine mächtige Kraft aus dem Boden aufsteigen. Dann brachen erste, winzige grüne Triebe durch die Erdkruste.

»Es wächst nach«, brachte er atemlos hervor. »Sie heilt das Land.«

Ungläubige Wut lag in der Luft, der Nebel, der die Ältesten umgab schillerte im Fackelschein.

»Nur ihr Tod …«

»Halt.« Talon setzte sein Leben aufs Spiel, indem er sich den mächtigen Frauen widersetzte. »Ihr seht doch, was geschieht.« Er deutete auf die zarten grünen Pflänzchen, die sich allmählich ausbreiteten. »Wollt ihr all unsere Hoffnung zerstören, weil ihr stur an dem Glauben festhaltet, immer recht zu haben?«

Raphael trat neben ihn, die Arme vor der Brust verschränkt. »Talon hat recht. Solange wir nicht wissen, was hier vor sich geht, dürfen wir nicht riskieren, die Frau zu töten.«

Lange blieb es still, als würden die Ältesten untereinander diskutieren. Talon nutzte ihre Abgelenktheit, um sich schnell zu Isi umzudrehen und mit einer Kralle die Seile zu durchtrennen, mit denen sie an den Brückenpfeiler gefesselt war.

Ihm zog sich das Herz zusammen, als sie in seine Arme taumelte. Sie war halb bewusstlos und zitterte vor Schmerzen und Schock.

Gottverdammt.

Er hatte versagt. Schließlich hätte er sie beschützen müssen, doch stattdessen hatte er zugelassen, dass sie entführt und verletzt worden war.

»Talon.« Sie schlang die Arme um seinen Hals und barg das Gesicht an seiner Schulter.

Er nahm sie auf den Arm und drückte sie an sich. »Ich hab dich, Schatz«, sagte er, den Blick fest auf die Ältesten gerichtet. Niemand würde sie ihm wegnehmen. Nie wieder. »Und ich lasse dich nie wieder los.«

»Du hast uns überzeugt.« In seinem Kopf sprach die Älteste mit weißem Fell, sie hatte die Führung übernommen. »Obwohl wir nicht überzeugt sind, dass sie ungefährlich ist, sind die Zweifel hinreichend, um ihren Tod hinauszuzögern, bis wir genauer wissen, was hier vorgeht.«

»Ich glaube, dabei könnte ich behilflich sein.« Aus den Schatten am Rand des heiligen Ortes trat ein männlicher Pantera und verbeugte sich tief vor den Ältesten. »Darf ich näher treten?«

Die Ältesten sagten im Chor: »Willkommen, Xavier.«

Mit anmutigen Bewegungen trat der groß gewachsene Mann mit mokkafarbener Haut und verblüffend blauen Augen vor.

Talon spürte einen Hoffnungsschimmer, als er den Anführer der Geeks sah. Wenn irgendjemand den Computern, die er aus Baton Rouge mitgebracht hatte, ihre Geheimnisse entlocken konnte, dann dieser geniale Pantera.

»Was hast du herausgefunden?«, fragte Talon, ohne auf die Gereiztheit der Ältesten zu achten, die offenbar der Ansicht waren, sie müssten hier das Kommando haben.

Doch ihm war scheißegal, wem er alles auf den Schlips treten musste.

Er würde alles tun, was nötig war, um seine Gefährtin zu beschützen.

Xavier kam näher, betrachtete kurz das frische Grün auf dem Boden und sah dann zu Isi, die noch immer in Talons Armen lag.

»Ich weiß, wen eure Feinde suchen.«

Das Kribbeln einer Vorahnung lief Talon kalt über den Rücken, Xaviers düsterer Blick ruhte unverwandt auf Isi.

»Wen?«, fragte Raphael schließlich.

»Chayton«, offenbarte der Geek. »Isis und Ashes Vater.«

ZWEITES BUCH

Xavier

von
Laura Wright

1

O süße Freiheit.

Den Billard-Queue in der einen und eine Margarita in der anderen Hand lief Amalie über den staubigen Fußboden des Cougar's Den.

Donnerwetter, was war sie emanzipiert.

Zugegeben, es waren nur drei Tage und drei Nächte, aber sie hatte vor, aus jeder einzelnen Sekunde das meiste herauszuholen. In ihren engsten Jeans, schwarzen hochhackigen Stiefeln und einem weißen Tanktop, das ihren jungen Jägerinnen-Körper bestens zur Geltung brachte und reichlich Ausschnitt zeigte, konnte sie spüren, dass ihr alle Männer hinterhersahen, wenn sie vorbeiging.

Na ja. Alle Männer bis auf einen.

Vor dem Pool-Billard-Tisch blieb sie stehen, ließ den Queue auf die Spielfläche fallen und setzte ihr Glas an die Lippen. Salzig-süßes Glück floss ihr über die Zunge und durch die Kehle. Sie hatte nicht viel Erfahrung mit Alkohol. Ach Scheiße, sie hatte in überhaupt nichts viel Erfahrung. Genau genommen war es ihr erster Abend im Cougar's Den. Seit Jahren kannte sie diesen Ort nur aus den Erzählungen der anderen Jäger, hatte sich die Schwärmereien über durchzechte Nächte, hart errungene Billardsiege, Techtelmechtel mit heißen Typen oder Frauen angehört. Und war selbst brav nach Hause gegangen.

Aber nicht heute Abend, dachte sie, während sie ihr Glas austrank und nach dem Barkeeper Ausschau hielt. Heute Abend machte sie einen drauf. Heute würde sie erleben, wie es war, knallhart zu spielen, sich volllaufen zu lassen und einfach eine Singlefrau zu sein, die zu allem bereit war.

»Na, was sagst du, Schätzchen?«

Mal sah sich nach dem Mann um, der sie gerade angesprochen hatte. Er war groß, blond und ein Mensch, und auf seinen Lippen lag ein anzügliches Lächeln. »Willst du tanzen?«

Sie drehte sich zu ihm um. »Ich wusste gar nicht, dass es hier eine Tanzfläche gibt.«

»Gibt es auch nicht«, sagte er. »Jedenfalls noch nicht.«

Der Mann pfiff einen seiner Kumpel zu sich, und zu zweit schoben sie ein paar der Tische beiseite.

Dann wandte er sich wieder an Mal und zuckte mit den Achseln. »Nichts Nobles, aber es sollte reichen. Was meinst du? Das Lied ist klasse, und du siehst verdammt scharf aus.«

Mal flatterte das Herz in der Brust. Sicher, sie war eine knallharte Jägerin und konnte einhändig mehrere ausgewachsene Männer überwältigen – das war Teil ihrer Ausbildung –, aber in den Wildlands hatte noch nie jemand so mit ihr gesprochen. Oder sie so angesehen. Als wäre sie begehrenswert und zu haben. Es war ein so gutes Gefühl.

Vom Alkohol in ihrer Blutbahn erhitzt und kühn geworden, folgte sie dem Mann auf die provisorische Tanzfläche. Der Barkeeper hatte die Musik aufgedreht, und schon nutzten auch einige andere Paare den Platz.

»Ich bin Beau«, rief der Mann gegen die Musik an, als sie sich in Bewegung setzte.

Breit lächelnd schob Mal sich nah an ihn heran und wiegte die Hüften. »Schön, dich kennenzulernen, Beau.«

»Gleichfalls, Süße.« Er ließ den Blick an ihrem Körper hinabgleiten. »Du bist echt das Schärfste, was ich hier je gesehen hab.«

»Das ist doch bestimmt nicht wahr«, sagte sie mit einem rauen Lachen. »Aber trotzdem danke.«

Er fiel in ihr Lachen ein, und in seinen dunklen Augen leuchtete Interesse. Es war ein hübsches Paar Augen, tiefgründig und gefühlvoll, und sie hätte sich darin verlieren können, wären da nicht die atemberaubenden kristallblauen Augen eines gewissen Panteramannes im Raum gewesen, bei deren Anblick sie immer weiche Knie bekam. Augen, nach denen sie sich schon seit einer Ewigkeit verzehrte.

Im Geiste sah sie diesen durchdringenden, zutiefst sinnlichen Blick vor sich, und weil ihre Hemmungen in Margarita ertrunken waren, drehte sie sich nach ihm um.

Ein Riesenfehler.

Gerade mal seit einer halben Stunde war er im Cougar's Den, aber das reichte schon, um für Wirbel zu sorgen. Nicht dass er etwas dafür konnte. Frauen schienen in seiner Gegenwart einfach überhaupt keine Atempause zu machen, und Männer waren verständlicherweise von seiner Größe eingeschüchtert.

Mal wiegte die Hüften und strich mit den Händen an sich auf und ab, während sie ihn an der Bar beobachtete. Der metallene Barhocker wirkte winzig unter Xavier, der mit Abstand das heißeste männliche Wesen war, das jemals einen Fuß auf diese Erde gesetzt hatte. Mit seinen eins dreiundneunzig, den kräftigen Schultern und der breiten Brust sah der umwerfende Mann eher wie ein Profisportler aus als wie der Anführer der Geeks. Seine Haut hatte die Farbe von feuchter Baumrinde, seine Gesichtszüge waren scharf und kämpferisch. Die dunklen, frisch geschnittenen Haare waren dicht über der Kopfhaut abrasiert, was seine kristallblauen Augen hervorstechen ließ. Und jedes Mal, wenn sie ihn sah, verspürte sie den unwiderstehlichen Drang, auf ihn zuzulaufen, sich ihm in die Arme zu werfen und ihn wild zu küssen.

Das ging schon seit sieben Jahren so.

Ach, wem versuchte sie etwas vorzumachen? Seit mehr als zehn.

Während ihr Tanzpartner sie umkreiste, fiel ihr Blick auf die Frau, die neben Xavier an der Bar saß.

Blond, zierlich und auf unaufdringliche Art attraktiv. *Warum muss Xavier ausgerechnet auf das genaue Gegenteil von mir stehen?*, schrie sie innerlich und fragte sich, ob es wohl geisteskrank war, dass sie sich in lebhaften Farben das Ableben dieser Frau ausmalte, während sie selbst mit einem x-beliebigen Kerl tanzte.

Dann legte Xavier seine Hand auf die Hand der Frau.

Schmerzhafter Schreck ließ sie den Kopf herumreißen. Ihr Blick fiel auf Beau mit seinen dunklen Augen und dem verträumten Lächeln. »Ich brauche noch was zu trinken.«

Er lächelte breit. »Ich hol dir was, Süße. Bleib du einfach hier und schwing weiter so sexy die Hüften. Ich bin gleich wieder da.«

Warum konnte Xavier nicht so etwas zu ihr sagen? Na ja, vielleicht nicht ganz so. Nicht so schmierig und besitzergreifend, aber etwas, womit er zeigte, dass er eine Frau in ihr sah und nicht nur die kleine Schwester seines besten Freundes?

Sie schloss die Augen und bewegte sich aufreizend zur Musik. Dann spürte sie, dass jemand hinter sie trat, eindeutig ein Mann; vielleicht war es Beau, vielleicht auch nicht, aber sie drehte sich nicht um. Heute und die nächsten drei Abende würde sie einfach loslassen, sich fallen lassen, fühlen, berühren und berührt werden …

Diese Frau brauchte eine Tracht Prügel.

Vielleicht auch mehrere.

Mit zusammengekniffenen Augen betrachtete Xavier die Jägerin, die sich auf der provisorischen Tanzfläche zwischen zwei schmierigen Menschenmännern zur Musik wiegte, während ein dritter Mann neben ihm an der Bar Drinks bestellte. Konnte er es ihnen vorwerfen, dass sie sich an sie ranmachten? Sie lüstern ansahen? Wie Hunde geiferten? Nein, das konnte er nicht. Mit ihrer perfekten Figur in den viel zu engen Klamotten, den hungrigen grünen Augen und dem dichten ebenholzschwarzen Haar, das ihr auf den Rücken fiel, sah sie heute Abend wie eine liebestolle Wildkatze aus. Er würde den Dreckskerl verprügeln, der sie aus ihrem Käfig gelassen hatte.

Wo zum Henker war Aristide?

Ihr Bruder – und Xaviers bester Freund – ließ seine Schwester eigentlich nie aus den Augen, wenn sie nicht gerade ihrer Arbeit als Jägerin nachging. Und selbst dann konnte Xavier sich darauf verlassen, dass die übrigen Pantera auf sie aufpassten. Alle wussten, dass sie etwas ganz Besonderes war. Und wichtig. Sie war die Art Frau, die man auf einen Sockel stellte und bewunderte.

Niemand, den man lüstern angeifern durfte, verdammt.

Die Augen zu schmalen Schlitzen verengt beobachtete er, wie sie die Tanzfläche zum Glühen brachte. Wo zum Teufel hatte sie gelernt, sich so zu bewegen?

Die Hüften, den Hintern? Wie sie sich mit den Händen durch die Haare und über den Körper fuhr.

Wieder durchfuhr es ihn wie ein Stromschlag, doch er rang das Gefühl nieder. Diese Gefühle für sie verdrängte er jedes Mal. Amalie war nicht nur die letzte Pantera, die auf die Welt gekommen war, was sie an sich schon unantastbar machte, sondern auch die kleine Schwester seines besten Freundes. Und der Ehrenkodex unter Männern war stärker als jede noch so starke Anziehung.

Er stand auf und ließ den USB-Stick, den ihm die Frau neben ihm mitgebracht hatte, in seine Jeanstasche gleiten. »Musstest du die Kamera ausschalten, um an die Bilder zu kommen?«

Die blonde Privatdetektivin, die er als Unterstützung für die Suche nach Chayton, dem Vater von Ashe und Isi, angeheuert hatte, schüttelte den Kopf. »Nein. Aber es war scheißschwer, da raufzukommen – und so lange oben zu bleiben, bis ich die Seriennummer gefunden hatte. Zum Glück hat sich gestern irgend so ein Depp tätowieren lassen, so hatte ich gut eine Stunde.«

Die Menschenfrau hatte in Isis Voodoo-Laden eine versteckte Kamera gefunden und die letzten drei Tage auf den Versuch verwendet, ein paar Minuten damit allein zu sein. »Konntest du die Nummer identifizieren?«

»So ein sauteures, exklusives Teil. Auf dem Stick ist eine Liste der Nobelläden, die solche Kameras verkaufen, aber die Verkaufsdaten konnte ich nicht auftreiben. Dafür wirst du einen erstklassigen Hacker brauchen.«

Wie gut, dass er selbst einer war, dachte Xavier, während sein Blick wieder zur Tanzfläche glitt. Ein Knurren drang aus seiner Kehle. Amalie rieb die Hüften an irgend so einem Menschenmann, als wollte sie mit ihm in die Kiste.

»Was ist mit meinem Honorar?«, fragte die Detektivin.

»Schon auf deinem Konto.«

Sie lachte leise, fast verführerisch. »Ein Mann, der die Bedürfnisse einer Frau vorausahnt. So was lieb ich ja. Darf ich dich auf einen Drink einladen?«

»Heute nicht«, sagte er, den Blick immer noch unverwandt auf die Jägerin und die menschlichen Sabbermaschinen gerichtet, die sich an sie drängten. »Aber ich melde mich.«

Er wandte sich von der Bar ab und schob sich durch die kleine Menschenmenge zur Tanzfläche. Eigentlich sollte er jetzt einfach gehen, zurück zum Hauptquartier der Geeks, um den USB-Stick zu untersuchen, den ihm die Detektivin gerade übergeben hatte. Schließlich war es für die Pantera lebenswichtig, Chayton zu finden, bevor er ihren Feinden in die Hände fiel.

Gut fünfzehn Gäste tanzten zu den wummernden Bässen irgendeines Rapsongs, und einige Frauen versuchten, Xaviers Blick aufzufangen und ihn in ihren Kreis zu ziehen. Doch er hatte nur Augen für eine

Frau, und die würde augenblicklich in die Wildlands zurückkehren. Ab nach Hause und in die Obhut ihres Bruders.

Die Augen geschlossen, die vollen rosa Lippen leicht geöffnet und die Haare zerzaust, sah die Frau vor ihm aus, als käme sie gerade aus dem Bett. Xavier trat zu ihr und umfasste mit seiner großen Hand ihre schmale Taille. Sofort öffnete sie die Augen. Zuerst sah sie verwirrt zu ihm auf. Dann, als sie merkte, dass er es war, der sie festhielt, lächelte sie.

»Hi, Xavier«, sagte sie. »Willst du mitfeiern?«

Oh, verdammt. Wie viel hatte sie getrunken? Sie lallte nicht, aber es fehlte nicht viel. »Du machst eine Szene, Amalie.«

»Ich heiße Mal«, korrigierte sie ihn, und sofort fingen ihre jadegrün leuchtenden Augen Feuer. »Und ich mache keine Szene, ich habe Spaß.«

Drei oder vier Gläser voll Spaß. Ohne ein Wort zu sagen nahm er sie an der Hand und zog sie von der Tanzfläche. Er wusste, dass sie sich gegen ihn wehren konnte, wenn sie wollte. Diese Frau war knallhart. Und klug. Doch statt sich zu wehren, drückte sie seine Hand und folgte ihm durch die Menge zur Tür. Vielleicht lag es am Alkohol? Der konnte bei Pantera die seltsamsten Auswirkungen haben.

Die Nacht brach gerade herein, doch der Windhauch, der draußen vor der Bar über Xaviers Haut strich, war noch vom Tag in den Bayous aufgeheizt. Er legte Amalie die Hände auf die Schultern, drehte sie zu sich herum und versuchte, den Blick davon loszureißen, wie die Luftbewegung ihr unter die Haare fuhr und sie ihr ins Gesicht wehte.

Ein verflixt schönes Gesicht.

Mit einem tiefen Knurren ließ er sie los und wandte den Blick ab. Gedanken wie diese waren in letzter Zeit zu allgegenwärtig geworden. Er musste einen Weg finden, sie loszuwerden. Dauerhaft. Andernfalls würde er einen Weg finden müssen, nicht mehr in ihre Nähe zu kommen. Ebenfalls dauerhaft.

Amalie legte den Kopf schief. »Knurrst du mich etwa an, Xavier?« Ihr Ton war aufreizend, warm, vertraulich. »Nicht, dass ich etwas dagegen hätte.«

»Wie viel hast du getrunken?«, fragte er angespannt.

»Nicht annähernd genug.«

»Dein Pantera-Geruch wird vom Tequila überdeckt.«

Sie zuckte mit den Achseln. »Manchmal passieren eben dumme Sachen.«

»Allerdings«, sagte er und trat einen Schritt auf sie zu. »Zum Beispiel, dass du heute Abend ausgerechnet hier bist. Weiß Aristide davon?«

Ihr Blick bewölkte sich, und einen Moment lang starrte sie ihn einfach nur an. Dann schüttelte sie lachend den Kopf. »Nein, mein Kerkermeister von Bruder weiß nicht, dass ich hier bin. Er sitzt zusammen mit dieser Menschenfrau in Quarantäne. Mit Ashes Schwester.«

Mit Isi? Der Frau, deren Blut die Erde in den Wildlands zerstört und dann zu neuem Leben erweckt hatte?

Und Aristide hat mir nichts davon gesagt?

Was zum Geier geht hier vor?, grübelte Xavier. Jemand musste auf Amalie aufpassen.

Die Tür zum Cougar's Den wurde aufgestoßen, und einer von Amalies Tanzpartnern kam herausgewankt. Als der schmierige Typ sie entdeckte, grinste er wie ein Wolf, der seine Beute erspäht hat.

»Kommst du wieder rein, Süße?«, fragte er mit schleppender Stimme.

»Nein«, antwortete Xavier.

Amalie warf ihm einen wütenden Blick zu und wandte sich wieder an den Menschen. »In einer Minute, Beau.«

Xavier knurrte sie an. »Ich bringe dich nach Hause, Amalie.«

Wieder glitt ihr Blick in seine Richtung, und diesmal lag nichts Kokettes mehr darin. »Nein, tust du nicht. Ich bin hier, um ein bisschen Spaß zu haben, auch wenn du das Wort nicht kennst.«

»Ich zeig dir, was Spaß macht«, sagte Beau und trabte die Treppen hinunter auf sie zu.

»Ich schlage vor, du gehst wieder rein, Mann«, sagte Xavier mit tiefer Stimme, den Blick immer noch fest auf Mal gerichtet. »Wir gehen. Amalie, verabschiede dich von deinem kleinen Freund hier. Vielleicht könnt ihr euch ein andermal zum Spielen verabreden.«

»Hörst du dir eigentlich selbst zu?«, knurrte sie ihn an.

»Allerdings.«

Sie wedelte mit dem Zeigefinger unter seiner Nase herum. »Ich bin kein Jungtier mehr. Du und Aristide, ihr könnt mir nicht mehr sagen, was ich zu tun habe. Ich bin eine erwachsene Frau.«

Xavier seufzte und blähte gereizt die Nasenflügel. Ja, leider war sie das. Eine Frau mit Rundungen, bei deren Anblick einen Mann der unwiderstehliche Drang überkommen konnte, sich zu vermehren. Mit einem Gesicht, um das ein Engel sie beneiden würde. Und einer rauen Stimme, die jeder Mann dicht an seinem Ohr hören wollte.

Alles Eigenschaften, die nicht in die Nähe dieses schmierigen, betrunkenen Mannes gehörten.

»Sag Auf Wiedersehen, Amalie«, sagte er ruhig.

»Sie will noch nicht gehen«, sagte Beau und schnaubte. »Nicht wahr, Amalie?«

»Ich heiße Mal«, korrigierte sie.

Beau schmunzelte, den Blick auf ihre Brust gerichtet. »Hey, ich nenn dich so, wie ich will, scharfe Maus.«

»Oh, das gefällt mir.« Amalies Blick huschte kurz in Xaviers Richtung, und sie murmelte etwas, das verdächtig wie »Warum sagst du so was nie zu mir?« klang.

Xavier tat, als hätte er sie nicht gehört. Und als würde es ihn völlig kaltlassen, wie sie auf ihrer Unterlippe kaute. Langsam schüttelte er den Kopf. »Du weißt, dass ich das nicht zulassen darf, Amalie.«

Sie stemmte die Hände in die Hüften. »Das Lustige daran ist, dass du das wirklich glaubst. Oder ist das Lustige daran, dass du immer noch Aristides Job machst? Ich weiß nicht ... Oh, Moment, vielleicht ist beides ziemlich lustig.«

Der Menschenmann kam näher, den Blick jetzt fest auf ihren Hintern gerichtet. »Ich kenne ein paar sehr lustige Geschichten, Mal. Komm, ich lade dich auf einen Drink ein und erzähl dir ein paar davon.«

Xavier spürte Aggression in sich aufsteigen. Nur zwei Sekunden und der Mann wäre bewusstlos. Was keine allzu gute Idee wäre, weil sie sich auf menschlichem Boden befanden. Das Letzte, was Pantera wollten, war, Aufmerksamkeit auf sich zu lenken. Aber dieser Idiot bettelte ja regelrecht darum.

»Ich sage es dir nur noch einmal, *mon ami.*« Xavier sah den Menschenmann mit zusammengekniffenen Augen an. Er war nicht besonders groß, aber was ihm an Höhe fehlte, machte er mit Muskeln wieder wett. Nichts im Vergleich zu den Muskeln eines Pantera, aber für einen Menschen ganz eindrucksvoll. Etwas, das zu bedenken war, wenn es hässlich und blutig wurde. »Geh wieder rein und such dir eine andere Frau. Die hier steht nicht zur Verfügung.«

»Ob ich zur Verfügung stehe, entscheide immer noch ich«, sagte Amalie gereizt. »Du hast echt Nerven, Xavier. Geh nach Hause.«

Der Mensch grinste und legte Amalie den Arm um die Taille. Mit einem Ruck zog er sie an sich und leckte ihr übers Ohrläppchen. »Sag es ihm, scharfe Maus.«

Der Schleier, der noch vor einer Sekunde in Amalies rauchig grünen Augen geschimmert hatte, war verschwunden, und an seiner Stelle loderte heißes Gold. Ein Zeichen, dass ihr Puma dicht unter der Oberfläche lauerte. Dank dem Tequila hatte sie die Kontrolle über ihn verloren. In weniger als fünf Sekunden hatte sie sich von dem Mann losgemacht, seine Hand gepackt und sie ihm ins Gesicht gerammt. Mit einem Geräusch, als würde Luft aus einem Ballon entweichen, ging Beau zu Boden und blieb liegen.

»War das wirklich nötig?«, fragte Xavier.

Sie taumelte einen Schritt zurück. »Er hat an mir geleckt.«

»Werd erwachsen, Amalie.«

»Ihr lasst mich ja nicht.« Sie sah ihn fest an. »Du und Aristide.«

Xavier zog sich der Magen zusammen. Sie hatte ja keine Ahnung, was sie für ihn war, wie seine Haut schmerzte, wenn sie ihn berührte, oder wie er sofort aufrechter und stolzer stand, wenn ihr Blick auf ihn fiel. Und wenn es in seiner Macht lag, würde sie das auch nie erfahren.

»Dann sollten wir uns vielleicht darauf konzentrieren, wieder nüchtern zu werden.« Er griff nach ihrer Hand. »Wir gehen. Jetzt.«

Sie zog die Hand nicht weg. »Vorsicht, Puma. Oder du gehst so schnell zu Boden wie der Zungenmann hier.«

Xavier weigerte sich, auf eine solche Absurdität zu antworten. Im Vorbeigehen hob er sie hoch, nahm sie auf den Arm und lief den Weg entlang zum Parkplatz.

»Neandertaler«, spie sie aus.

»Pantera«, verbesserte er, während er zu ignorieren versuchte, wie schön es war, sie in den Armen zu halten. Es fühlte sich so richtig an. So natürlich.

»Du brauchst mich nicht zu tragen«, grummelte sie. »Ich bin schon groß genug, um meine Beine zu benutzen.«

Bei ihren Worten wurden seine Kiefermuskeln stahlhart – und ebenfalls alles unterhalb seiner Taille. Diese verdammte Frau. Und sein verdammtes Männerhirn, das ihre unschuldigen Worte verdrehte und eine verdorbene Fantasie daraus entstehen ließ. »Nach Hause zu laufen würde die ganze Nacht dauern«, sagte er. »Und irgendetwas sagt mir, dass du in diesen Komm-und-nimm-mich-Stiefeln nicht rennen kannst.«

Sie sah zu ihm auf. »Heißen die so?«

Er antwortete nicht und sah sie nicht an. Schon in den fluoreszierenden Lichtern des Clubs hatte sie so verdammt schön ausgesehen. Er war ziemlich sicher, dass einige Teile von ihm in den Himmel wachsen würden, wenn er sie im Schein der Dämmerung sah.

Das konnte er nicht gebrauchen. Nicht heute Abend. Niemals.

Er überquerte den Parkplatz und rannte in den Schutz der Dunkelheit unter den Bäumen. Auch als Mensch war er schnell, doch er sehnte sich danach, seine Pumagestalt anzunehmen und den echten Geschmack des Windes zu kosten.

»Dann bringst du mich heute Abend wohl nach Hause.« Sie gähnte leise.

Er fasste sie fester. »Wer hat dich eigentlich hergebracht? Wie bist du ins Den gekommen?«

»Ich hatte eine Mitfahrgelegenheit.«

»Sag nicht, du bist mit einem Fremden ...«, fing er mit zusammengebissenen Zähnen an.

Er spürte, wie sie mit den Achseln zuckte. »Fremd war er nur in den ersten fünf Minuten.«

Ein tiefes Knurren drang aus seiner Kehle. Verdammt, er brauchte sein Fell und seine Fangzähne. »Ich bringe dich jetzt nach Hause und dann binde ich dich fest, bis Aristide aus der Quarantäne kommt.«

Sie schnaubte und gähnte dann erneut. »Das würde ich gerne sehen.«

»Meinst du?«

Er machte den Fehler, sie anzusehen. Es war schon schwierig genug, beim Laufen nicht an ihr zartes Gewicht auf seinen Armen zu denken. Jetzt sah er volle Lippen, schläfrige Augen und einen Streifen sonnengebräunten Bauch, wo das Top hochgerutscht war.

O verdammt. Ich will dich.

»Was ist mit deinem Date?«, fragte sie. »Wartet sie nicht im Den auf dich?«

»Das war geschäftlich.«

Sie schnaubte leise. »Sie sah nicht geschäftlich aus. Eher, als würde sie auch gern mal an dir lecken.«

Xavier knurrte – nicht beim Gedanken an die menschliche Detektivin, sondern daran, wie der schmierige Typ Amalia angefasst hatte, wie er sie mit der Zunge berührt hatte.

»Was?«, fragte sie. In ihrer Stimme lag Besorgnis.

»Wenn ich heute Nacht nicht auf dich aufpassen müsste, würde ich zum Cougar's Den zurücklaufen, den Kerl vom Boden aufkratzen und ihm die übereifrige Zunge aus dem Mund reißen.«

»Ich hab das schon geregelt, Xavier.«

»Ja. Und du hast es provoziert. Mit Menschen spielt man nicht. Das ist nicht gut für uns.«

»Für uns oder für mich?«, fragte sie leise.

Xavier antwortete nicht. Dafür hätte er nämlich seine Gefühle für die Schwester seines besten Freundes analysieren müssen, und das hatte er sich gründlich abgewöhnt. Stattdessen beschleunigte er seine Schritte und rannte durch das Sumpfland Richtung Grenze. Bis auf das Geräusch des Windes und das Surren der Insekten herrschte Stille. Xavier glaubte schon, Amalia wäre eingeschlafen, doch da regte sie sich in seinen Armen.

»Xavier?«

O verdammt. Ihre weiche und zugleich raue Stimme umschlang ihn und schnürte ihm die Luft ab. »Ja?«

»Ich … ich glaube nicht, dass ich mich verwandeln kann, wenn wir in die Wildlands kommen.«

»Der Tequila?«

Sie nickte an seiner Brust. »Tut mir leid.«

Mit einem leisen, beschützerischen Knurren drückte er sie fester an seine Brust. »Keine Sorge, Amalie. Ich trage dich bis zur Grenze, und mein Puma trägt dich nach Hause.«

2

Die silbernen Strahlen des Mondlichts begleiteten sie auf dem Weg durch die vielfältige Landschaft der Wildlands. Die Nacht war jetzt ganz hereingebrochen und trug kühle Luft und satte, erdige Düfte heran. Die Arme um den breiten Hals von Xaviers Puma geschlungen genoss Mal den geschmeidigen Rhythmus seiner Bewegungen. Bisher war sie erst einmal auf dem Rücken eines Pumas geritten, nachdem sie sich im letzten Jahr nach einem hart erkämpften Rennsieg gegen ein paar andere Jäger einen Dorn eingetreten hatte. Aber das war nichts im Vergleich zu jetzt gewesen. Xaviers Puma war nicht nur groß und kraftvoll, er war auch schnell und klug und mutig. Wie sie da im Mondlicht auf seinem Rücken saß, umgeben vom Wind und den verführerischen Düften, malte sie sich aus, wie es wäre, nicht auf, sondern unter ihm zu liegen …

Diese sinnlichen Gedanken rissen abrupt ab, als er vor ihrem kleinen lindgrünen Haus stehen blieb. Einen Moment lang blieb sie einfach auf seinem Rücken sitzen und fragte sich, warum sie nicht mitbekommen hatte, dass sie die Stadtgrenze erreicht hatten. Nicht einmal gerochen hatte sie es.

Sie kletterte von seinem Rücken und beobachtete unter dem rosenberankten Torbogen, wie er sich von einem schwarz glänzenden Puma in einen gefährlich attraktiven Mann verwandelte. Ihr Herz zog sich zusammen. In seinen Jeans, die sich über muskulösen Beinen und einem sagenhaften Hintern spannten, und einem schwarzen T-Shirt, das kaum genug Platz für seine breite Brust und die kraftvollen Arme bot, brachte Xavier jede Frau im Umkreis von einer Meile zum Seufzen. Er war groß, dunkel und kämpferisch – wandelnder Sex. Und dazu kamen – Mals liebste Besonderheit von Xavier – diese unglaublichen, eisblauen Augen. Am liebsten würde sie sich in ihnen verlieren und tagelang nicht wieder herausfinden.

Wenn er doch nur dasselbe wollen würde.

Verdammt. Warum bemerkte er sie denn nicht? Warum konnte er nicht erkennen, dass sie die eine Frau auf dieser Welt war, die perfekt für ihn war und die ihn glücklich machen würde?

»Wer bleibt bei dir, während Aristide in Quarantäne ist?«, fragte Xavier, der sie bis zur Haustür begleitete.

»Niemand.«

Ein Geräusch drang tief aus seiner Kehle. Eine Mischung aus Knurren und Stöhnen, die ihr Innerstes vor Hitze entflammen ließ.

»Das ist nicht akzeptabel, Amalie.«

Sie warf ihm einen Blick über die Schulter zu. »Dir

ist schon klar, dass ich eine erwachsene Frau bin, oder?«

Seine schockierend blauen Augen musterten sie von oben bis unten. Dann wandte er den Blick mit einem zischenden Geräusch ab.

Nein. Er sah sie nicht als Erwachsene.

Oder er wollte es nicht.

Gereiztheit machte sich in ihr breit, und als sie sich wieder umdrehte und die Haustür aufschloss, stieß sie ebenfalls ein entnervtes Zischen aus. Sie wurde noch zur Masochistin. Vielleicht war es an der Zeit, dem ein Ende zu machen.

Sie rief ihm über die Schulter zu: »Danke fürs Mitnehmen.«

Doch bevor sie hineingehen konnte, spürte sie seine große Gestalt hinter sich, er drückte sich an sie und sein Atem strich warm über ihr Ohr. »Wir sind noch nicht fertig.«

Ohne ihre Erlaubnis spannte sich ihre Haut, und alles unterhalb ihrer Gürtellinie zog sich zusammen. »Das glaube ich allerdings schon. Ich bin müde und immer noch ein bisschen betrunken und sollte wohl besser schlafen gehen.«

»Du kannst nicht allein hierbleiben.«

»Warum nicht?«

Er trat neben sie und lehnte sich an den Türrahmen. »Es ist gefährlich.«

Sie lachte. »Ist das dein Ernst? Ich bin Jägerin. Selbst du hättest echte Schwierigkeiten, mich zu überwältigen.« Als sich seine Augen bei ihren Worten zusammenzogen, verklang ihr Lachen zu einem peinlich berührten Kichern. »Du weißt schon, es sei denn, ich will es so.«

Sein Kiefer spannte sich. »Ich weiß, dass du dich körperlich gut verteidigen kannst, Amalie. Was mir Sorgen macht, ist so ein Mist wie heute Abend.«

»Ich bin ausgegangen und habe mich amüsiert, wie es ein Haufen anderer Leute jeden verdammten Tag macht. Wo ist das Problem?«

»Du hast zu viel getrunken, und das hat dein Urteilsvermögen beeinträchtigt.«

Ihr Urteilsvermögen? Sie schnaubte. Das war schon seit zehn Jahren zum Teufel, seit sie Xavier zum ersten Mal oben ohne gesehen hatte. Ein Sommer am Bayou. Warmes Wasser, noch wärmere Abende. Eine Schwimmparty zu ihrem Geburtstag, und Xavier – das perfekte Geburtstagsgeschenk – war vorbeigekommen, um mit Aristide rumzuhängen. Natürlich hatte er sie nicht einmal angesehen. Wahrscheinlich hatte er nicht einmal gewusst, dass es Mals Geburtstag gewesen war. Aber er war ihr aufgefallen. Und das seitdem jeden Tag.

»Mit meinem Urteilsvermögen ist alles bestens«, sagte sie. »Beim nächsten Mal trinke ich weniger, also lass es gut sein.«

Er schüttelte den Kopf. »Es wird kein nächstes Mal geben.«

Sie funkelte ihn böse an. Und wenn er zehnmal die

Liebe ihres Lebens war, Xavier war eine verdammte Nervensäge, wenn er ihren Bruder ersetzen wollte. Das würde sie sich nicht gefallen lassen.

»Okay, wir sind hier fertig. Ich gehe schlafen.« Sie schob sich an ihm vorbei ins Haus und ging in den Flur. »Schließ die Tür ab, bevor du gehst. Du weißt schon, damit ich in Sicherheit bin und so.«

Zehn Jahre, grollte sie. Zehn verdammte Jahre lang hatte sie innerlich – und wahrscheinlich auch äußerlich – für diesen Mann geschwärmt, doch entweder sah er nichts anderes als Aristides Schwester in ihr, oder er fand sie schlicht und einfach nicht attraktiv. Puh, der letzte Gedanke tat weh, und sie fragte sich, wie viel länger dieses Gefühl, diese Sehnsucht ihr Herz noch in Beschlag nehmen würde. Vielleicht sollte sie noch mal in die Stadt fahren. Diesmal nicht ins Cougar's Den, sondern in diesen Voodoo-Laden. Vielleicht sollte sie sich nach einem Trank erkundigen, der ihre Verliebtheit abtöten konnte.

Eine alkoholbedingte Hitzewelle überlief sie, sie zog ihr Trägertop aus und ließ es auf dem Weg ins Schlafzimmer auf den Fußboden fallen. *Morgen. Morgen, wenn sie wieder nüchtern war, würde sie aufhören, etwas von diesem lächerlich gut aussehenden Geek zu wollen.*

Auf halbem Weg zum Schlafzimmer packte sie eine erschreckend heftige Schwindelattacke. Sterne flimmerten vor ihren Augen, und sie tastete fluchend nach der Wand. Als sie in die Luft griff, bekam sie

Panik. Dann raste der Boden auf sie zu, und ihr wurde tiefschwarz vor Augen.

Xavier rutschte das Herz in die Hose, er fing Amalie gerade noch rechtzeitig auf, bevor sie auf dem Boden aufschlug.

Herrgott, diese Frau trieb ihn in den Wahnsinn, knurrte er innerlich und hob sie in seine Arme. In einem Moment flirtete sie mit ihm, und im nächsten war sie stinksauer. Fest an sich gedrückt trug er sie durch den Flur. Ja, er wusste, dass sie ihn mochte. Dass sie ein bisschen für ihn schwärmte. Und es wäre eine faustdicke Lüge, wenn er leugnen würde, dass auch er sich zu ihr hingezogen fühlte, dass er neugierig darauf war … wie sie schmeckte, wie ihre Haut roch …

Scheiße. Er würde zur Hölle fahren. Oder in der Pantera-Version: Er würde tief unter den Wildlands zusammen mit Shakpi eingekerkert werden.

Er durfte dieser Anziehung niemals nachgeben. Sie war Aristides Fleisch und Blut und kostbar für die Pantera. Und das bedeutete, dass sie absolut unantastbar war.

Als er ihr Schlafzimmer betrat, konnte er es sich nicht verkneifen, sich umzusehen, während er schnurstracks aufs Bett zuging. Verdammt, diese Frau tat immer so abgebrüht, aber hier gab es lauter Herzchen, weiche, weiße Bettwäsche und geblümte Kissen. Nach außen hart und unnahbar, aber innen weich und zart. Bei diesem Gedanken zog sich alles in ihm vor Verlangen zusammen.

Warum fand er diesen Gegensatz nur so verdammt sexy?

Behutsam legte er sie auf die kühle, weiche Decke und setzte sich neben sie. Sein Blick glitt über ihr Gesicht. *O verdammt, was für ein Anblick.* Durch das Fenster zu seiner Rechten fiel das gedämpfte Mondlicht ins Zimmer und betonte ihre ellenlangen, dichten, dunklen Haare, das wunderschöne Gesicht, die rosafarbenen Lippen und den langen, geschmeidigen Hals. Er konnte nicht verhindern, dass sein Blick weiter nach unten glitt. Das Top war verschwunden, es lag jetzt als kleiner weißer Stoffhaufen vergessen im Flur, und sie trug jetzt nur noch einen BH, der noch dazu sehr knapp war. Der cremeweiße Hauch von Spitze bedeckte kaum ihre großen Brüste.

Ihm lief das Wasser im Mund zusammen.

Reiß dich zusammen, Arschloch.

Ihre Augenlider zuckten, sie ballte eine Hand zur Faust und stöhnte.

Xavier beugte sich über sie, um ihr eine Haarsträhne aus dem blassen Gesicht zu streichen. Während er versuchte, nicht darauf zu achten, wie weich sich ihre Haut unter seinen rauen Fingerspitzen anfühlte, flüsterte er beruhigend: »Alles ist gut, Amalie, Du bist zu Hause. In deinem Bett.«

Flatternd öffnete sie die Lider, und für einen kurzen Moment blickten ihre rauchig grünen Augen zutiefst verwirrt. Doch nach wenigen Sekunden löste sich der Nebel auf, sie blinzelte und biss sich auf die Unterlippe. Ein Anblick, bei dem sich Xaviers Haut schon wieder über seinen Muskeln spannte.

»Xavier?«

Er nickte. »Wie fühlst du dich?«

Sie antwortete nicht. Stattdessen sah sie ihm fest in die Augen, ihr Atem ging schwer.

»Was?«, fragte er. Besorgnis machte sich in ihm breit. Hatte er sie nicht rechtzeitig aufgefangen, als sie gefallen war? Hatte sie sich verletzt? »Was ist los?«

»Ich bin kein Kind mehr.«

Erleichterung durchströmte ihn. Das war kein Schmerz, den er in ihren Augen sah, sondern Frust. »Das weiß ich«, sagte er.

»Aber du behandelst mich die ganze Zeit so.«

»Nein«, widersprach er mit tiefer, leiser Stimme. »Wir behandeln dich wie etwas Besonderes.«

Sie zuckte zusammen, stieß schnaubend die Luft aus und wandte den Blick von ihm ab. »Dann bin ich eben das letzte Pantera-Junge, das zur Welt gekommen ist. Und wenn schon? Warum ist das etwas anderes als das vorletzte Junge? Oder das drittletzte? Es macht mich nicht zu etwas Besonderem. Es ist bloß ein Zufall.«

Xavier wollte das nicht. Er wollte dieses Gespräch nicht führen. Ganz besonders nicht, wenn er in diesem mondbeschienenen Zimmer auf ihrem Bett saß. Natürlich verstand er die Zuneigung der Pantera zu

Amalie und auch den Wunsch, sie zu beschützen, aber sein eigenes Verhalten und seine Reaktion auf sie hatten viel weniger mit ihrem Status als Letztgeborene zu tun als damit, wie unwiderstehlich stark er sich zu ihr hingezogen fühlte. Ehrlich gesagt war er nicht sicher, ob er sich einen feuchten Dreck um den Wunsch der Pantera scheren würde, sie abzuschirmen, wenn sie nicht Aristides Schwester gewesen wäre.

»Du solltest jetzt schlafen«, sagte er.

»Ich will aber nicht schlafen.« Resigniert seufzend stützte sie sich auf die Ellbogen. »Ich will frei sein. Mein eigenes Leben leben. Ich will nicht wie etwas behandelt werden, das man mit einer einfachen Berührung zerbrechen kann.«

»Berührungen sind nie einfach«, sagte Xavier leise. »Vertrau mir.«

Plötzlich explodierte sie. »Ich will dir nicht vertrauen«, rief sie und setzte sich auf. Tränen traten ihr in die Augen. »Gottverdammt!« Sie riss die Hände in die Luft. »Ich will es selbst erfahren, selbst spüren.«

»Amalie …«

»Scheiße, ich bin eine erwachsene Frau.« Weinend blickte sie zu Boden.

»Ich weiß.«

Sie fing seinen Blick auf. »Wirklich?«

Ihm stockte der Atem. Sie war schon wunderschön, wenn sie fügsam war und mit ihm flirtete, aber so wie jetzt war sie unwiderstehlich. So leidenschaftlich und so wütend, als wollte sie ihn bis zur Besinnungslosigkeit küssen, nur um ihm dann das Knie in die Eier zu rammen.

Er ließ den Blick über ihr Gesicht wandern, an ihrem schmalen Hals hinunter, bis zu ihrem spektakulären Dekolleté. Ob er wusste, dass sie eine erwachsene Frau war?

Scheiße, ja.

»Hör zu, Xavier«, knurrte sie regelrecht. »Wenn mich nicht bald jemand *zerbricht*, werde ich noch wahnsinnig.«

»Sag so etwas nicht«, knurrte er zurück und sah sie grimmig an. Sein Schwanz zuckte.

»Warum nicht? Es stimmt doch. Es ist nichts falsch daran, wenn man berührt werden will, wenn man ausgehen und Spaß haben will. Wenn man Sex haben will.«

Herrgott, sie brachte ihn noch um. »Ich warne dich, Amalie …«

»Dass du keine erwachsene Frau in mir siehst, heißt nicht, dass das genauso für alle anderen Männer gilt.«

»Kein anderer Mann wird auch nur in deine Nähe kommen«, verkündete er schroff.

»So was kannst du doch nicht einfach bestimmen.«

»Gerade habe ich es getan«, sagte er und stand auf. Er musste sich neu sortieren. Verdammt, er musste raus aus diesem Zimmer, fort von ihr, bevor er etwas tat, das er bereuen würde.

Aus tiefen, dunklen Augen sah sie zu ihm auf, die

Haare fielen ihr wild zerzaust über die Schultern und den Busen. »Geh nach Hause, Xavier.«

O ja. Das sollte er wirklich tun.

Er sollte dieses Haus verlassen und nie wiederkommen. Von jetzt an würde er sich irgendwo anders mit Aristide treffen, egal wo. Und wenn er Amalies Namen hören würde, dann würde er um Taubheit beten.

Stattdessen sah er die halb nackte Frau, die umgeben von so viel Weichheit vor ihm saß, mit zusammengekniffenen Augen an und sagte mit tödlicher Ruhe: »Ich gehe nirgendwohin.«

Ihre dunkle Braue wölbte sich. »*Pardonnez-moi?*«

»Man kann dich offenbar nicht dir selbst überlassen.« Er wandte sich ab. Auf dem Weg zur Tür rief er ihr über die Schulter zu: »Solange Aristide weg ist, werde ich auf dich aufpassen.«

3

Mistkerl.

Arschloch.

O Gott, sie hätte ihn anspringen können.

Mal sah Xavier mit begehrlichen Blicken nach, als er das Zimmer verließ. Er sah so gut aus. Selbst wenn er ihr den Rücken zukehrte.

Voller Selbstekel seufzte sie, ließ sich in die Kissen zurücksinken und schloss die Augen. Es tat wirklich weh, dass Xavier aus Pflichtgefühl und nicht aus freiem Willen bei ihr blieb. Oder aus Sehnsucht. So lange hatte sie sich vorgestellt, mit ihm allein zu sein, hatte es sich in allen Einzelheiten ausgemalt. Und jetzt waren sie allein, aber sie fielen nicht übereinander her, wie sie es sich erhofft hatte, sondern schliefen in getrennten Zimmern, beide waren angezogen, atmeten normal und waren nicht von einer dünnen Schweißschicht bedeckt …

Sie stöhnte auf und wälzte sich auf die andere Seite.

Aber immerhin blieb er. Aus welchem Grund auch immer.

Drei Tage und drei Nächte.

Sie drückte ihr extralanges Kissen an sich, während in ihrem Blut ein Hauch von etwas dahintrieb, das

Hoffnung oder Staunen hätte sein können. Vor ihrem inneren Auge sah sie ihn aus dem Bayou steigen, die Muskeln spielten unter der nassen braunen Haut, und er sah sie aus seinen gefährlich blauen Augen an, als er ans Ufer trat. Nackt.

Ihre Haut kribbelte, und sie musste lächeln, als sich alte Erinnerungen mit neuen Fantasien vermischten. Sie wollte ihr lang gehegtes Verlangen nach ihm loswerden, aber es ließ sich einfach nicht abschütteln. Er war zu perfekt: Er hatte den Körper eines Jägers, die Seele eines Versorgers und den Verstand eines Geeks. Er war alles, was sie sich je gewünscht hatte.

Na ja, mit einer Ausnahme.

Denn er weigerte sich, sie als Erwachsene anzusehen, als mögliche Sexualpartnerin, oder überhaupt als Frau.

Ich passe auf dich auf.

Allein bei der Erinnerung an dieses tiefe, heisere Versprechen spannte die Haut über ihren Brüsten, und ihr wurde heiß zwischen den Schenkeln. Sie war eine starke, leidenschaftliche Frau und eine sehr fähige Jägerin. Nur selten entkam ihr die Beute, auf die sie es abgesehen hatte. Und auf Xavier hatte sie es abgesehen, o ja. Verpflichtung hin oder her, sie hatte ihn schon in ihrer Höhle. Jetzt musste sie ihrem ansehnlichen Beutetier nur noch die Augen öffnen.

Das Kissen fest im Arm und auf den Lippen ein raubtierhaftes Lächeln schlief sie schließlich ein.

Bin in der Klinik. Quarantäne m Ashes Schwester wg Bluttests, etwa 3–4 Tage. Pass du auf Mal auf. Danke, mein Freund. Bin dir was schuldig.

Xavier saß in Aristides und Amalies Wohnzimmer auf der Couch, hatte auf dem Tischchen vor sich zwei Laptops aufgeklappt und las die SMS von seinem besten Freund noch einmal. Die SMS, von der er nichts gewusst hatte, bis einer der Geeks ihm vor ein paar Stunden sein Handy und die Laptops vorbeigebracht hatte. Die Worte schrien ihn an, zeigten ihm den Mittelfinger, schwangen Heugabeln und Fackeln und drohten mit den scharfen Krallen eines rasend wütenden Pumabruders.

Gottverdammt.

Auf sie aufpassen? Verdammt, das war, als würde man einen Waldbrand bitten, auf einen Haufen trockenes Reisig aufzupassen. Ja, natürlich würde er es tun, verdammt. Aristide war sein bester Freund, sicher, aber auch ein Teil seiner Familie. Aristides und Amalies Eltern hatten Xaviers Mutter damals nach dem Tod seines Vaters geholfen, ihr Lächeln wiederzufinden. Die beiden Versorger waren immer für ihn da gewesen, hatten ihm mit guten Ratschlägen, einer warmen Mahlzeit oder einem Schlafplatz ausgeholfen, wenn seine Mutter nicht mit dem dickköpfigen Pumajungen fertiggeworden war. Er würde ihnen nicht in den Rücken fallen. Nicht bei ihrer eigenen Tochter, um Himmels willen.

Sein Blick fiel auf den rechten Bildschirm. Außer den Fotos aus Isis Laden, Aufnahmen von der Kamera aus verschiedenen Winkeln sowie Nahaufnahmen von der Seriennummer hatte er eine Liste aller Hightech-Fotogeschäfte in einem Umkreis von hundertfünfzig Kilometern bekommen, die dieses Modell führten. In den letzten Stunden hatte er von einem zweiten Computer aus das Internet durchforstet, um herauszufinden, ob von dieser Kamera Bilder hochgeladen worden waren. Dann hätte er sie anhand der in den JPEGs integrierten Seriennummern zurückverfolgen können. Doch bisher hatte er damit kein Glück gehabt. Wie es aussah, würde er die Verkaufslisten sämtlicher Kamerageschäfte durchgehen müssen.

Sein Handy klingelte, und für einen Augenblick dachte er, es wäre Aristide, doch ein Blick auf die Anzeige verriet ihm, dass der Anruf nicht aus der Klinik, sondern aus der Geek-Zentrale kam.

»Xavier.«

»Hast du schon was?«, fragte Robby. Der Geek hatte als Jäger angefangen, aber schnell herausgefunden, dass sein Zuhause bei den anderen Techies war. Er hatte sich den Künstlernamen »Robin Hood« zugelegt, weil er nur zu gern Informationen stahl, wenn er damit jemandem aus der Klemme helfen konnte.

»Noch nicht«, antwortete Xavier. »Da wird wohl der eine oder andere unbefugte Zugriff nötig sein.«

»O ja, das mag ich. Schick mir was, ich muss vor dem Schlafengehen noch ein paar Stunden Zeit totschlagen.«

»Nein, darauf werde ich Captain ansetzen. Für dich hab ich einen anderen Job.«

»Ich werde dir nicht deinen Schlafanzug vorbeibringen, die Frage kannst du dir gleich sparen.«

Xavier schnaubte. »Nicht nötig. Erstens, weil ich keinen trage, und zweitens, weil Danny mir schon alles vorbeigebracht hat, was ich brauche.«

»Den ersten Teil wollte ich gar nicht so genau wissen, Bro.«

Schmunzelnd erklärte Xavier: »Ich möchte, dass du dich in den Computer in Isis Laden hackst. FÜTTERUNG UND PFLEGE VON VOODOO.«

»Hübscher Name.«

»Wer im Glashaus sitzt, *Robin Hood* …«

»Leck mich.«

Xavier lachte.

»Also, was soll ich für dich suchen, Bro?«

»Alles, was du auf ihrem Computer über Chayton findest. Ihre E-Mails, jeden Kontakt zu Personen, die sich für Chayton oder das Auffinden ihres Vaters interessieren. Nimm dir auch ihre Website vor. Alle Postings, Fragen, Kommentare, das ganze Zeug eben.«

»Alles klar.«

»Sie hat garantiert eine Firewall eingerichtet.«

Robby lachte und sagte hochmütig: »Also bitte.«

»Wenn du sie in unter zehn Sekunden knackst, darfst du bei den Geeks bleiben.«

»Unter fünf, und ich werde der neue Anführer«, setzte Robby dagegen.

»Träum weiter, Bro.« Mit dem Blick auf den Bildschirm wurde Xavier wieder ernst. Ich fürchte, der Kerl ist komplett untergetaucht.«

»Jeder hinterlässt Spuren, X. Das weißt du.«

»Ja, wollen wir es hoffen. Ich meld mich später.«

»Es ist schon ziemlich spät, Kumpel«, sagte Hood grinsend und drückte auf die Taste, um die Verbindung zu trennen.

Xavier warf sein Handy auf die Sofakissen und sah auf die Uhrzeit am oberen Bildschirmrand. Fünf Uhr morgens. Scheiße. Er hatte gar nicht gemerkt, wie lange er schon daran saß. Fünf Stunden hoch konzentrierte Arbeit. Vielleicht brauchte er eine Pause. Vielleicht brauchte er einen Drink. Verdammt, vielleicht brauchte er auch ...

Bevor er den Gedanken zu Ende gedacht hatte, blähten sich seine Nasenflügel; er witterte ihren Duft Sekunden, bevor er sie kommen hörte.

»Was ist das alles?« Amalie kam auf ihn zu.

Ein heißer Schauer überlief ihn, doch er klappte erst beide Computer zu, bevor er auf ihre Gegenwart reagierte. »Arbeit.«

»Wieder wegen der Menschenfrau?« Sie klang nur geringfügig neugierig, als sie um die Couch herumging.

»Nein, diese virtuelle Spurensuche war eine nächtliche Solo-Aktion.«

Die Worte blieben ihm im Hals stecken, und er sog scharf die Luft ein. *Was zum Geier war bloß mit ihm los?*

Aller Atem strömte aus seiner Lunge, und bevor er etwas dagegen tun konnte, riss sich der Puma in ihm los und drängte flammend an die Oberfläche seines Körpers. Er ballte die Fäuste. Sein Verstand brüllte den Puma an, sich zurückzuziehen. Noch nie im Leben hatte er eine solche Reaktion erlebt. Etwas so Wildes, Instinktives. Bei nichts und niemandem. Er verstand es nicht und zwang dieses Gefühl eilig zurück an seinen Platz unter seinem hämmernden Herzen.

Keuchend betrachtete er die Frau, die vor ihm stand. »Was zum Teufel hast du da an?«

»Ein Handtuch.«

Sie sah ihn an, als wäre er verrückt geworden. »Und durfte ich da gerade etwa mit ansehen, wie dein Puma immer wieder auf deinem Gesicht aufgeblitzt ist?«

Er schüttelte den Kopf. Nein. Das war nicht möglich. Er verlor nie die Kontrolle über das wilde Tier ihn ihm. »Ich bin nur müde, das ist alles.«

»Dann solltest du vielleicht ein bisschen schlafen.« Sie deutete den Flur hinunter, wozu sie das Handtuch vorn mit einer Hand loslassen musste.

Zum Glück hatte sie zwei davon.

»Du kannst Aristides Bett nehmen«, sagte sie. Ihre dunklen Augen glitzerten. »Oder meins, wenn du es lieber sauber und frisch hast.«

Sie hatte es halb im Scherz gesagt, doch wieder drängte der Puma in ihm an die Oberfläche und erwachte zum Leben. Was zum Teufel ging hier vor? Wütend funkelte er Amalie an, betend, dass nicht sie und ihre leichte Bekleidung der Grund dafür waren. Wie sehr er hoffte, dass es wirklich der Schlafmangel und vielleicht die ausgelassenen Mahlzeiten waren, die ihn so nervös machten.

»Warum hast du nur dieses verfluchte Handtuch an?«, brachte er mühsam hervor.

Sie legte den Kopf schief. »Dusche.«

»Im Wohnzimmer?«, gab er finster zurück. »Willst du mich etwa absichtlich um den Verstand bringen?«

Ihre Brauen hoben sich, und ein Lächeln umspielte ihre Lippen. »Warum? Funktioniert es?«

»Ich bin ein Mann, Amalie. Und du bist …« Er knurrte, als sein Blick über ihren Körper wanderte.

»Ich bin was?«, hakte sie nach.

Seine Augen verengten sich. »Ein teuflisches Luder.«

Sie lachte. Ein Geräusch, das ihm unter die Haut ging und bis in seine Lenden ausstrahlte.

»Die Dusche ist draußen, weißt du nicht mehr?«, sagte sie.

»Richtig.« Gottverdammt. Das würde in den nächsten drei Tagen also an der Tagesordnung sein?

Duschen? Die unantastbare Göttin würde in knappen Handtüchern herumlaufen, bis ihm der Geifer aus dem Mund rann und er Appetit auf alles Mögliche bekam außer auf Essen?

»In einer Stunde muss ich auf Patrouille«, sagte sie. »Da sollte ich mich lieber frisch machen.«

Bleib bloß unten, warnte er seinen Puma. »Zieh beim nächsten Mal einen Bademantel an«, sagte er, als sie an ihm vorbeigehen wollte.

Sie hielt inne und lächelte ihn schief an. »Warum?«

»Du weißt, warum, Amalie.« Sein Ton war kalt wie Eis. Wie Eis, das unter einer heißen Dusche mit einer noch heißeren Frau dahinschmelzen wollte.

»Für dich bin ich ein Familienmitglied, richtig?«, provozierte sie ihn. »Also, wo ist das Problem?«

Er wandte sich wieder seinen Laptops zu und klappte sie auf. »Geh schon. Geh duschen und an die Arbeit.«

Sie kicherte. »Hab einen schönen Tag, Xavier.«

»Ja, du auch«, murmelte er vor sich hin.

Doch sie hatte ihn gehört und rief ihm über die Schulter zu: »Oh, das werde ich.«

Xavier ermahnte sich, sich nicht umzudrehen, ihr nicht nachzusehen, wie sie in diesem verfluchten weißen Baumwollfetzen den Flur hinunterging, doch es war nicht möglich. Wie von einem Magneten angezogen, wurde sein Blick vom Bildschirm losgerissen. Er sah sich um. Mit geweiteten Nasenflügeln und einem engen Gefühl in der Brust sah er, wie ihr das Handtuch bis zur Hüfte hinunterglitt und den Blick auf ihren Rücken und den Ansatz ihres Pos freigab.

Als der Puma diesmal an die Oberfläche drängte, ließ er es geschehen.

4

Die Sonne stand hoch am Himmel, als Mal an der westlichen Grenze entlangrannte und immer wieder den Mund öffnete, um den Geschmack der Luft zu prüfen.

Er war da.

Immer war er da.

Der saure Gestank der menschlichen Eindringlinge. Das Problem war, dass sie den Ursprung nicht lokalisieren konnte. Schon sechs Stunden am Stück waren sie und ihr Partner auf Patrouille – und hatten nichts gefunden.

Vor der schmalen Brücke, die einen kleinen, vom Bayou abgehenden Wasserlauf überspannte, blieb Hiss abrupt stehen. Er schüttelte das kastanienbraune Fell und verwandelte sich vom Puma in einen Menschenmann.

Mal trat neben ihn und wechselte ebenfalls die Gestalt. »Was ist? Hast du etwas gewittert?«

Der wild aussehende Jäger, der die Haare mit einem Lederband zurückgebunden trug, schüttelte den Kopf. »Überall, wo wir hinkommen, ist es das Gleiche. Absterbendes Land, saurer Gestank, aber keine Hinweise. Keine Eindringlinge. Ich verstehe es nicht.«

»Sie werden zurückkommen. Sowohl die Menschen als auch alle anderen Verräter, die sich bei uns versteckt haben.« Sie grinste angespannt. »Gott, wie gern möchte ich diejenige sein, die diese Beute erwischt.«

Hiss' graue Augen blitzten. »Wir beide.«

»Ich frage mich, ob sie so weit von der Grenze entfernt kampieren, dass wir ihren Geruch nicht aufspüren können.« Mal seufzte und beschattete die Augen mit einer Hand, um über das stille Wasser des Bayous zu blicken. »Vielleicht sollten wir nachsehen gehen.«

Auf dem gut aussehenden Gesicht des Mannes zeigte sich ein breites Grinsen. »Du willst außerhalb der Grenze jagen?«

»Vielleicht.«

»Das ist nicht unser Auftrag.«

Sie erwiderte sein Grinsen und zuckte mit den Achseln. »Und?«

Er lachte. »Mit dir gehe ich gern auf Patrouille, Mal. Für einen Jäger ist es wichtig, Risiken einzugehen. So bleiben wir aufmerksam und schärfen unsere Instinkte ...«

»O mein Gott.« Mal schnitt ihm das Wort ab. Aus den Augenwinkeln hatte sie etwas gesehen, das ihre Aufmerksamkeit erregte.

»Was ist?«, fragte Hiss, jetzt wachsam geworden. »Was ist da? Menschen?«

Mal traten fast die Augen aus dem Kopf, als sie

zum Rand des Bayous rannte und einen Schritt ins Wasser hineinwatete. »Sieh nur.«

Hiss folgte ihr und beschattete seine Augen, während er die ruhige Wasseroberfläche nach etwas absuchte, worauf sie gezeigt haben könnte. Als sie hörte, wie ihm der Atem stockte, wusste Mal, dass er es ebenfalls gesehen hatte.

»Ich … ich hätte nicht gedacht …« Hiss verhedderte sich in seinen Worten. »*Merde*. Nach allem, was geschehen ist, nach der Ankunft von Ashes Schwester und den Auswirkungen, die sie auf die Wildlands hat, hätte ich nicht gedacht, dass wir sie dieses Jahr zu sehen kriegen. Ehrlich gesagt hätte ich nicht gedacht, dass wir sie je wieder zu sehen kriegen.«

Mals Gesicht wurde warm vor Freude, als sie immer tiefer ins Wasser watete, bis sie schwimmen musste. Ihre Kleidung wurde schwer vom Wasser, aber das kümmerte sie nicht. Sie konnte es nicht glauben. Sie musste sie berühren.

»*Mon dieu*, riechst du das?«, rief Hiss vom Ufer.

Mal antwortete nicht. Endlich hatte sie sie erreicht, der schwere Duft stieg ihr in die Nase und ließ sie innerlich wie äußerlich vibrieren. Sie griff nach der großen Seerose, die noch vor einem Augenblick so weiß gewesen war wie die Wolken über ihnen. Jetzt aber hatte sie einen hellen Lavendelton, und die Farbe wurde mit jedem verstreichenden Augenblick intensiver und leuchtender. Sie brachte kein Wort heraus, so breit war ihr Lächeln.

Die vollkommenste Dyesse-Seerose, die sie je gesehen hatte.

Obwohl sie wussten, dass die Zeit des Dyesse-Festes gekommen war, hatten alle Bewohner der Wildlands heimlich gebetet, dass die Feierlichkeiten anlässlich der Geburt der Pantera – der wichtigste Feiertag in den Wildlands – auch wirklich stattfinden würden. Da sich die Landmagie mit solcher Geschwindigkeit zersetzte, war es fraglich, ob überhaupt etwas davon übrig bleiben würde.

Ganz besonders etwas so Magisches und Seltenes wie die Dyesse.

Sie ließ die Seerose los, und in diesem Moment begannen die beiden benachbarten Blüten sich zu verändern. Bis zum Abend würde selbst der Mond einen frappierend schönen Purpurton angenommen haben. Lachend vor ungezügelter Freude wandte Mal sich wieder zu Hiss und dem Ufer um, doch sie brauchte kein Wort zu sagen, er verstand sie auch so.

»Ich laufe gleich los«, rief er. »Ich sage Parish Bescheid.«

Mit schnellen, kraftvollen Zügen schwamm sie auf ihn zu und erreichte das Ufer in dem Moment, als er sich in den Puma verwandelte und vor Aufregung wild knurrte. Sie tat das Gleiche und schüttelte das Wasser ab, das von ihrer Haut ins Fell des Pumas übergegangen war.

Hiss sagte in ihren Gedanken: *Willst du mit mir hingehen?*

Sie hob den Kopf und knurrte: *Zum Fest?*

Der Puma nickte, und die rauchgrauen Augen blitzten vor Begeisterung. *Gutes Essen, Musik, Sparringkämpfe. Wir haben die Veränderung zuerst bemerkt, es wäre nur angemessen, dass wir auch zusammen feiern.*

Hiss war ein Freund, nicht mehr, aber sie mochte ihn, fühlte sich in seiner Nähe wohl und – Herrgott, es war ein schönes Gefühl, gefragt zu werden. Außerdem, dachte sie hinterlistig, war es vielleicht gar nicht schlecht, wenn Xavier das sah. Ein erwachsener Mann, ein Jäger, wollte den wichtigsten Abend des Jahres mit ihr verbringen – den Abend der zügellosen Paarungsspiele.

Sie lächelte den kastanienbraunen Puma an. *Okay.*

Prima. Ich hole dich gegen sieben ab.

Er drehte sich um und sauste in den Wald. Mal sah sich um und schrie ihre Freude in die duftende Luft, als sie sah, wie sich unzählige Dyesse-Seerosen auf der ruhigen Oberfläche des Bayous violett färbten.

»Ich will ihn ja nicht sehen, Jax.« Xavier knurrte gereizt. »Ich will nur mit ihm reden.«

Der Mann, der die Tür zu den Quarantäne-Baracken bewachte, schüttelte den Kopf. »Tut mir leid, *mon ami.*«

»Jax, der Mann ist ein guter Freund von mir. Ich passe auf sein Haus auf – und auf seine Schwester.«

Das letzte Wort wurde von einem leisen Fauchen begleitet. »Ich muss mit ihm sprechen.«

»Da kann ich dir nicht helfen. Kommunikation nach außen nur im Notfall.« Der Mann hob eine hellblonde Augenbraue. »Ist es ein Notfall?«

Scheiße. »Nein, ist es nicht.« Er blies frustriert die Luft aus. »Also gut. Dann spreche ich ihn in ein paar Tagen.«

»Ist nur eine Schätzung«, sagte Jax mit schmallippigem Lächeln. »Könnte auch eine Woche dauern. Wir wissen es einfach nicht.«

Na fantastisch. Die Nachrichten wurden ja immer besser, dachte Xavier düster. Und problematischer. Drei Tage unter einem Dach mit diesem verführerischen Pumaweibchen in knappen Handtüchern waren schlimm genug. Wie zum Teufel sollte er eine ganze Woche durchstehen?

Er nickte dem Wachmann knapp zu, machte kehrt und lief den Gang hinunter. Vielleicht fand er jemand anderen, der auf sie aufpasste? Eine der Großmütter … Ein leises Kichern kam aus seiner Kehle. O ja, das würde prima ankommen. Sie duldete ja ihn kaum. Mit einer freundlichen, alten Panteradame würde sie kurzen Prozess machen.

»Hey, X.«

In seine Gedanken versunken drehte Xavier sich um und entdeckte Raphael ganz in seiner Nähe. Der Anführer der Diplomaten – oder Anzugträger – sah ziemlich mitgenommen aus, so als hätte er seit Wochen nicht mehr geschlafen. Er stand vor dem Zimmer seiner Gefährtin Ashe, umgeben von einer kleinen Gruppe Pantera: Parish, der Anführer der Jäger, der Versorger Jean-Baptiste mit seiner Gefährtin Genevieve, die Xavier von ihrem kurzen Abstecher zu den Geeks kannte. Sie alle drehten sich zu ihm um, als er näher kam.

»Hast du nach Aristide gesehen?«, fragte Jean-Baptiste. Da er in der gleichen Fraktion war, wusste er, wie nahe sich Aristide und Xavier standen.

»So in der Art«, sagte Xavier. Da er nicht gerade scharf darauf war, Einzelheiten über sein Problem mit Amalie zu verraten, wandte er sich eilig an Raphael und wechselte das Thema. »Wie geht es deiner Gefährtin?«

Die Miene des Diplomaten verspannte sich, und er richtete seine grünen Augen auf die geschlossene Tür. »Solange ihre Schwester in der Nähe war, ging es ihr besser.«

»Die Quarantäne?«, fragte Xavier.

Raphael nickte.

Tja, die vermieste wohl allen das Leben.

»Aber ich hoffe, dass ich sie ein bisschen an die frische Luft bringen kann«, sagte der Diplomat. »Ich will heute Abend mit ihr zum Fest gehen.«

»Zum Fest?«, wiederholte Xavier verblüfft. Er sah von Raphael zu Parish. »Hat es eine Sichtung gegeben?«

Parish nickte, seine goldenen Augen blitzten, und

auf sein Gesicht trat ein breites Lächeln. »Zwei meiner Jäger haben vor etwa einer halben Stunde einen ganzen Bayou voller lila Seerosen entdeckt.«

Erstaunlich, dachte Xavier. *Und wundervoll.* Er hatte sich schon gefragt, ob das Dyesse-Fest in diesem Jahr stattfinden würde. Alle hatten sie darauf gehofft.

»Ich kann es nicht erwarten, mit Julia zum Fest zu gehen«, sagte Parish mit einem Knurren. »Und unsere Fruchtbarkeit richtig zu feiern.«

Genevieve, die sich bei Jean-Baptiste anschmiegte, lachte. »Ich wäre an deiner Stelle vorsichtig. Frauen können zum Dyesse-Fest extrem fordernd sein. Vermutlich gilt das auch für Menschenfrauen.«

Parish grinste schamlos. »Ich freue mich schon darauf, dass meine Frau Doktor mir nachstellt und mich in die Finger kriegt.«

»Bist du schon fluchtbereit, Liebster?«, fragte Genevieve ihren Mann mit herausforderndem Lächeln.

Knurrend zog Jean-Baptiste die blonde Frau enger an sich und rieb die Nase an ihrer Wange. »Ich würde nie vor dir weglaufen, Genny. Das wäre doch reine Zeitverschwendung, wenn du stattdessen schon längst über mich herfallen könntest.«

Alle lachten, sogar Raphael. Xavier fand es schön zu sehen, wie dieser Mann, der nur noch ein Gespenst seiner selbst war, die Deckung sinken ließ. Doch das währte nicht lange. Kurz darauf sah der Diplomat Xavier müde an.

»Du hast dich mit der Privatdetektivin getroffen. Hatte sie etwas Interessantes für dich? Wie kommt ihr mit Chayton voran? Irgendwelche Spuren?«

Obwohl die meisten Pantera von der Suche nach dem Vater von Ashe und Isi wussten, musste Xavier dem Anführer der Diplomaten Bericht erstatten, der gegen seinen Willen ein Mittelsmann für die Ältesten geworden war.

»Ich bin ewig lange Verkaufslisten aus verschiedenen Kamerageschäften durchgegangen«, sagte er mit einem frustrierten Fauchen. »Ich will rausfinden, woher diese Kamera stammt und wer sie dort angebracht hat. Dass es unsere Feinde waren, glaube ich nicht, und auch nicht unser Tattoo-Künstler Derek.« Er schüttelte den Kopf »Aber du kennst mich. Wer es auch ist, ich werde ihn kriegen.«

Raphael gab ihm einen kameradschaftlichen Klaps auf den Arm. »Ja, das weiß ich. Und hoffentlich führt es uns zu Chayton.«

In diesem Moment ging die Tür neben Raphael auf, und Parishs Gefährtin Dr. Julia Cabot streckte den Kopf heraus. »Sie fragt nach dir, Raphael.«

Sofort war Raphael hellwach und nickte den anderen kurz zu. »Bis später. Wir sollten uns heute Abend alle freinehmen, um unsere Geburt zu feiern. Und auch die Magie, die in uns fortbesteht, obwohl jemand sie mit aller Macht zerstören will.« Er sah Xavier an. »Selbst du, X.«

Raphael verschwand im Zimmer seiner Gefährtin,

und Xavier und die anderen gingen nach einem kurzen Abschied auseinander. Auf dem Weg zum Haupteingang dachte Xavier über die Worte des Diplomaten nach. Ein freier Abend, um die Geburt seiner Art zu feiern. Das wäre schön. Gern hätte er daran teilgenommen. Aber trotzdem tickte die Uhr. Er musste herausfinden, wer diese Kamera angebracht hatte, und er musste Chayton finden, bevor es diese Schweine taten. Bevor sie ihn fanden und ihn benutzten, um Shakpi aufzuwecken.

Wenn Xavier seine Arbeit gut machte, würden sie noch viele weitere Purpurmonde feiern können.

5

Schmetterlinge flatterten in Mals Bauch, und kalte Schauer liefen ihr über den Rücken, als sie letzte Hand an ihr Make-up legte. Dann trat sie zurück und betrachtete sich mit einem langen, kritischen Blick. Nicht übel. Für den ersten Versuch. Lippenstift, Eyeliner und Wimperntusche waren definitiv nicht ihr Ding. Ehrlich gesagt hatte sie keine Ahnung gehabt, wie man damit umging, und hatte sich auf Xaviers Computer ein Tutorial darüber ansehen müssen, wie man Make-up auftrug, ohne wie ein Clown auszusehen.

Sie lächelte ihr Spiegelbild an.

Normalerweise hielt sie es ganz natürlich. Der Jägerlook: Jeans, Trägertop und Stiefel, das Gesicht ungeschminkt. Einfach und jederzeit dazu bereit, sich in den Puma zu verwandeln. Aber heute Abend wollte sie ein paar Köpfe verdrehen. Na ja, genau genommen einen Kopf. Einen sehr attraktiven, sehr starrsinnigen Kopf.

Sie war gerade fertig und wusch sich die Hände, als sie hörte, wie die Haustür geöffnet wurde. Ihr Herz geriet ins Stottern, und sie spielte nervös mit ihrem Handtuch. Jetzt kam sie. Die große Enthüllung. Mal hatte Make-up aufgelegt, die dunklen Haare gebürstet, bis sie ihr in sanften, glänzenden Wellen über den Rücken fielen, und ihr außerordentlich feminines Kleid hatte nicht im Entferntesten Ähnlichkeit mit der Jägermontur.

»Hallo Schatz, ich bin zu Hause«, rief Xavier mit unverkennbar düsterem Humor. »Wo bist du? Ich hab dir was zum Abendessen mitgebracht, das wärme ich jetzt auf.« In der plötzlichen Stille war das leise Scheppern eines Kochtopfs auf dem Herd zu hören. Dann: »Aristide meinte, du würdest nicht kochen, aber ich weiß nicht mehr, ob du es nicht kannst oder nicht willst.«

Mit einem letzten Blick in den Spiegel ließ sie den angehaltenen Atem entweichen und öffnete ihre Schlafzimmertür. Sofort entdeckte sie Xavier, der über die Küchentheke gebeugt auf seinen Computerbildschirm starrte, während im Topf auf dem Herd etwas erhitzt wurde. Darunter sprühte eine kräftige Flamme blaue Funken. Mal schluckte, strich sich das Kleid glatt und trat näher.

»Was von beidem ist es?«, rief Xavier, ohne den Blick vom Bildschirm zu lösen. »Kannst du nicht kochen oder willst du nicht?«

»Beides«, sagte sie.

Nur Mut, Frau. Du jagst den ganzen verdammten Tag lang böse Jungs und arschgefährliche Tiere. Und es bringt dich ins Schwitzen, wie dieser Kerl auf dein neues Outfit reagiert?

»Aber ich esse nicht zu Abend«, fuhr sie fort. Das

Herz hämmerte in ihrer Brust, als sie weiter auf ihn zuging. »Jedenfalls nicht hier.«

»Wovon redest du?«, fragte er, riss endlich den Blick vom Bildschirm los und sah auf.

Als sein Blick von den glänzenden Haaren bis zu den Riemchensandalen an ihr hinunterwanderte, kam ein seltsames Geräusch über seine Lippen. Es klang wie eine Mischung aus einem Wimmern und einem Knurren und endete damit, dass er wild die Zähne bleckte. Sie wartete darauf, dass er irgendetwas tun, irgendeine Regung zeigen würde. Doch nichts geschah. Er stand nur da, die Hände zu Fäusten geballt, und seine blauen Augen wurden eisig. Der Puma war ganz dicht unter der Oberfläche.

Mal rang ihre Nervosität nieder und ging auf ihn zu. »Hat der Puma deine Zunge gefressen, Xavier?«

Sein Blick folgte jeder ihrer Bewegungen. »Was hast du da an?«

»Das ist das Erste, was du zu mir sagst? Im Ernst?«

»Ja, verdammt«, knurrte er. »Todernst.«

Direkt vor ihm blieb sie stehen und hob das Kinn. »Das ist ein Kleid, Xavier.«

Seine Nasenflügel blähten sich, und sein Körper strahlte die Hitze seines Pumas ab. »Und warum hast du ein Kleid an?«

»Ich gehe aus.«

Er bleckte die Zähne und schüttelte langsam den Kopf. »Du gehst nirgendwohin. Nicht in diesem Aufzug.«

»Was meinst du mit ›in diesem Aufzug‹? Dass ich mich hübsch gemacht habe? Dass ich heiß aussehe?«

Ihm fielen fast die Augen aus dem Kopf.

»Das nehme ich mal als ein Ja.« Sie grinste und drehte sich langsam vor ihm im Kreis. »Ich sehe heiß aus, oder?«

Sein Kiefer war so angespannt, dass Mal fürchtete, er würde in tausend Stücke zerspringen.

»Das ist nicht wichtig, Amalie«, sagte er eisig. »Du gehst nicht aus. Nicht in diesem Aufzug und nicht allein.«

Unter gesenkten Wimpern sah sie zu ihm auf – unter geschwungenen und getuschten Wimpern. »Ich gehe nicht allein.«

Jetzt kam er in Bewegung. Mit einem Schritt war er bei ihr. Er war so groß und so breit gebaut. Beängstigend und sexy. Warum konnte er sie nicht einfach hochheben und ihre sehnsüchtigen Lippen voller Leidenschaft küssen? Es war so verdammt frustrierend mit ihm. »Ich habe ein Date.«

»Nein.« Nur ein Wort, ohne jede Aufregung.

Sie legte den Kopf schief und kaute auf ihrer Unterlippe. »Ich habe dich nicht um Erlaubnis gefragt.«

»Gut. Die bekommst du nämlich nicht.«

Sie sah an ihm vorbei zum Herd und zu der flackernden blauen Flamme, und ihr Blick blieb an etwas hängen. Etwas blubberte unkontrolliert. »Dir brennt die Soße an – oder was du da kochst.«

Fluchend wirbelte Xavier herum und eilte zum

Herd. Ohne nachzudenken, packte er den Topf am Henkel und fluchte dann abermals, als ihm das heiße Metall die Haut versengte. Er warf den Topf ins Waschbecken und drehte mit einem Ruck den Wasserhahn auf.

Der Streit-Schrägstrich-Flirt von gerade war vergessen, und Mal eilte zu ihm ans Spülbecken. »Alles okay?«

»Bestens«, knurrte er, die Hand zur Faust geballt.

»Lass mal sehen.«

»Es ist nichts.«

Sie packte seine Hand und bog gewaltsam die Finger auseinander. »Sei nicht so verdammt stur.« Hässliche rote Schwielen überzogen seine Handfläche. »Da muss kaltes Wasser drauf.«

Er wehrte sich nicht dagegen, dass sie seine Hand unter den Wasserhahn führte, doch als das Wasser auf seine Haut traf, stieß er ein Zischen aus.

»Du bemutterst mich, Amalie«, sagte er mit einem Knurren. »Das ist nicht nötig.«

Sie sah zu ihm auf, sah in diese kristallklaren blauen Augen, bei denen sie immer schwach wurde. »Willkommen in meiner Welt, Kumpel.«

Er fauchte leise. »Das Letzte, was ich will, ist, dich zu bemuttern.«

»Wie nennst du es dann, was du mit mir machst?«

Mit geblähten Nasenflügeln sah er sie an, und wieder spürte sie die Hitze, die von ihm ausging. Warum konnte er es nicht einfach sagen, dachte sie ärgerlich.

Warum konnte er nicht zugeben, dass etwas in ihm war, das sie berühren wollte?

»Ich könnte dieses Jungtier vertreiben, Amalie«, sagte er, den Blick jetzt auf ihre Lippen gerichtet.

»Er ist kein Jungtier. Er ist ein erwachsener Mann. Ein Jäger.«

»Unwichtig.«

»Nicht für mich, Xavier. Ich habe es genauso verdient, dieses Fest zu feiern wie alle anderen Pantera auch. Vielleicht sogar noch mehr, wo ich doch die Letztgeborene bin.«

Das brachte ihn zum Schweigen.

Jedenfalls bis zu dem Moment, als es an der Tür klopfte.

Er riss den Kopf hoch, verengte die Augen und stieß ein unverhohlen feindseliges Knurren aus.

»Also gut. Nein.« Amalie ließ seine Hand los, die bereits zu heilen begonnen hatte, und richtete den Zeigefinger auf ihn. »Du wirst ihn nicht ausquetschen, ihm nicht drohen und auch sonst nichts tun.«

Ohne den Blick von der Tür abzuwenden, zuckte Xavier mit den Achseln. »Wenn er ein echter Pantera ist, hat er damit kein Problem.«

Sie warf ihm einen warnenden Blick zu und ging zur Tür. Als sie öffnete, spürte sie, dass er hinter sie trat. *Dämlicher Puma. Was für eine Glucke!*

Auf der Veranda stand Hiss in schwarzen Jeans und weißem Hemd und sah sehr viel besser aus, als sie ihn in Erinnerung hatte. Er lächelte sie an. »Wow.«

Mal erwiderte das Lächeln. »Hey, Hiss.«

Seine grauen Augen musterten sie von oben bis unten. »Du bist wunderschön, Jägerin.«

»Ja, das ist sie allerdings.« Xavier stellte sich neben sie.

Mal verdrehte die Augen. »Xavier kennst du ja.«

Hiss riss den Blick von Mal los und begrüßte Xavier mit einem Nicken. »Wie läuft's, X?«

»Ganz prima. Und selbst?«

»Fantastisch. Gehst du auch zum Festival?«

Mal antwortete, bevor Xavier etwas sagen konnte: »Nein. Er muss arbeiten.«

Lächelnd und mit einem Schulterzucken sagte Hiss: »Zu schade«, dann wandte er sich wieder an Mal. »Bist du fertig? Während wir hier stehen, färbt sich der Mond schon purpurn.«

Sie nickte und trat auf die Veranda hinaus. »Schönen Abend, Xavier.«

Als sie den Pfad hinuntergingen, sah Mal sich noch einmal um. Wahrscheinlich hätte sie das nicht tun sollen, aber wie üblich konnte sie es sich nicht verkneifen, einen Blick auf diesen umwerfenden Geek zu werfen. Der Anblick brachte ihr Herz ins Taumeln. Im satten lavendelfarbenen Licht des Panteramondes sah Xavier ernst und sinnlich aus. Und unheilvoll. Und hungrig. Er stand in der Tür, seine Gestalt so breit und kräftig, dass kaum Licht aus dem Inneren des Hauses an ihm vorbeidrang, und ließ sie nicht aus den durchdringend blauen Augen. Eine wilde, leidenschaftliche Kraft ging von ihm aus. Während sie sich abwandte und mit Hiss in Richtung Stadt davonging, betete sie innerlich, dass es wirklich Leidenschaft war, die seinem Blick dieses Feuer verlieh. Und wenn es so war, dass Xavier endlich, endlich etwas dagegen unternehmen würde.

Er war ein Idiot.

Aber er konnte es nicht ändern.

Die Luft in den Wildlands war mit dem berauschenden Duft der violetten Seerosen gesättigt, ein ganz außergewöhnlicher Geruch, der süchtig machte. Die Geburtsblume der Pantera war die erste Blüte, die damals auf dem neuen Boden gewachsen war, nachdem Opela ihre Art erschaffen hatte. Man sagte ihr magische Eigenschaften nach, die die Pantera mit Freude und Wärme erfüllten und – bei Gefährten und solchen, die es werden wollten – eine sinnlicher Euphorie entfachten.

Wie schön für die anderen, dachte Xavier, während er auf der von Geschäften gesäumten Straße zum Stadtzentrum lief. Aber das war nicht die Art von Magie, der er seine kleine Wildkatze ausgesetzt sehen wollte.

Jedenfalls nicht unbeaufsichtigt.

Nachdem Mal und der Jäger aufgebrochen waren, hatte Xavier einen Anruf von Robby bekommen. Der Geek hatte auf dem Computer in Isis Laden eine Reihe interessanter Instant Messages gefunden. Zuerst hatten sie Xavier an Gedichte erinnert, doch nachdem er sich ein paar davon angehört hatte, hatte er die seltsamen Wortfolgen als Schutzzauber erkannt und Robby grünes Licht gegeben, dieser IM-Spur nachzugehen.

Ich sollte auch vor der Tastatur sitzen und arbeiten, dachte er düster. Anstatt jemandem nachzuspionieren. Versteckt im Schatten eines Obst- und Gemüsestands hielt er in der fröhlichen Menge Ausschau nach Amalie, um sicherzugehen, dass sie vernünftig blieb – und dass ihr Begleiter, der Jäger, sich wie ein Gentleman benahm.

Tief in den Schatten verborgen ließ Xavier den Blick über den Platz schweifen. Trotz der kurzen Vorbereitungszeit hatten die Pantera ein richtiges Spektakel erschaffen. Tische und Bäume waren mit violetten und lavendelfarbenen Blüten und Bändern dekoriert. In einer Ecke spielte eine Cajun-Band – fünf Anzugträger, die schon im vergangenen Jahr gespielt hatten – schwungvolle, rhythmische Musik. Und im Wettstreit mit dem schweren Duft der Wasserlilien standen die besten Köche ihrer Spezies an offenen Feuern, vollbrachten ihre kulinarischen Wunder und versorgten damit zahlreiche Pantera an den großen und kleinen Tischen, die um den als Tanzfläche dienenden Holzboden herum aufgestellt waren. Wie üblich wurde das Essen wie in einer großen Familie serviert und von Tisch zu Tisch weitergereicht. Xavier knurrte der Magen, als er die reichhaltigen Gumbos und Flusskrebse, Fleischpasteten, Gemüse, Brotpudding und Obst roch. Dann entdeckte er sein Lieblingsessen, Alligatorwürstchen, und hätte beinahe laut aufgejault.

Doch erst als er ein Lachen hörte – ein feminines Lachen –, das über den Lärm hinweg zu ihm drang, kam ihm der Laut tatsächlich über die Lippen.

Suchend ließ er den Blick über den Platz wandern, über die Speisenden, die Tanzenden und eine kleine Gruppe Pantera in Tiergestalt, die wenige Meter von der Band entfernt zum Spaß kämpften. *Wo bist du, Mädchen? Ich kann dich lachen* hören. Es gefiel ihm nicht, dass der Jäger sie zum Lachen brachte – dass er dieses verflucht ansteckende Lächeln auf ihr Gesicht zauberte. Niemand sollte das bei ihr erreichen können. Niemand, außer …

Bevor er den Gedanken mit »außer mir« zu Ende bringen konnte, wechselte die Musik. Auf einen rockigen Bluegrass folgte ein langsamer Cajun-Walzer. Als hätten die packenden Klänge seinen Blick geschärft entdeckte Xavier die beiden kurz darauf an einem kleinen Tisch, der ein wenig abseits von den anderen stand. Sie hatten aufgegessen und wollten gerade zur Tanzfläche gehen. Der Jäger hatte Amalie an der Hand genommen, zog sie in die kleine Menschenmenge und legte die Arme um sie.

Xavier wurde stocksteif.

Ja, sicher, sie hatte sich diesen Abend verdient. Und ja, sie sollte sich ein bisschen vergnügen dürfen. Aber warum ausgerechnet mit diesem Mann? Er schien ein anständiger Kerl zu sein, nicht so ein geifernder Lüstling wie der Typ im Cougar's Den. Er verhielt sich respektvoll, und so, wie er sie ansah, schienen seine Absichten über den heutigen Abend hinauszugehen.

Amalie könnte diesen Mann wirklich mögen, dachte er, und ihm zog sich der Magen zusammen.

Scheiße. Sogar Aristide könnte diesen Mann mögen.

Ohne auch nur einen Gedanken daran zu verschwenden, ob er das Richtige tat, trat Xavier aus dem Schatten des Obststands und lief zur Tanzfläche. Er wollte kein Arsch sein. Und auch kein aufdringlicher Mistkerl, der etwas einforderte, das ihm nicht zustand. Aber der Wunsch, Amalie aus den Armen dieses Mannes zu holen, war zu stark, um sich dagegen zu wehren.

Den Blick fest auf die beiden gerichtet, bewegte sich Xavier schnell und leichtfüßig durch die Menge. Das Lied ging zu Ende, und Hiss und Amalie hörten gerade auf zu klatschen, als Xavier bei ihnen war.

»Was dagegen, wenn ich abklatsche?«, fragte er mit mühsam erzwungener Höflichkeit.

Amalie holte hörbar Luft, als sie sich zu ihm umdrehte. Ihre Augen weiteten sich, und sie schüttelte den Kopf, als wollte sie fragen: »Bist du verrückt?« Wahrscheinlich war er das, aber er konnte nicht anders.

Hiss hingegen lächelte breit. »Schön, dass du da bist, X. Heute Abend sollte niemand arbeiten müssen.« Er wandte sich an Amalie. »Ich hole uns etwas zu trinken, ja?«

»Danke, Hiss«, sagte sie freundlich. Doch kaum war der Jäger außer Hörweite, wirbelte sie zu Xavier herum und fuhr ihn an: »Was hast du hier zu suchen? Spionierst du mir nach?«

»Ja.«

Seine Ehrlichkeit schien sie für einen Augenblick zu verblüffen.

Er betrachtete ihr Gesicht und trat näher zu ihr. »Du siehst heute Abend wunderschön aus.« Er legte die Arme um sie und fing an, sich zur Musik zu bewegen. »Sexy.«

Alle Spannung wich aus ihrem Körper, und auf ihr Gesicht trat das unglaublichste Lächeln, das er je gesehen hatte. »Danke schön.«

Mit hochgezogener Braue fügte er hinzu: »Zu scharf.«

Ihre Lippen zuckten. »Mistkerl.«

Lächelnd zog er sie enger an sich. Spürte ihre warme, weiche Haut unter seinen Handflächen, spürte das zarte Gewicht ihres Körpers. Es war himmlisch, sie im Arm zu halten. Und ihr Duft, der sich mit dem der Seerosen vermischte, wirkte wie eine Droge auf seine Selbstbeherrschung. Die sinnliche Anspannung prickelte auf seiner Haut, und in diesem Moment wollte er nichts lieber, als sie von der Menge fortzuziehen, sie in den Schatten hinter dem Obststand zu drängen, von dem aus er nach ihr Ausschau gehalten hatte, und ihr dieses hübsche Kleidchen mit den Zähnen auszuziehen.

Das Blut strömte ihm in den Schwanz und ließ ihn hart werden.

Nein, verdammt. Nein. Seine Gedanken spielten ihm einen Streich. Er konnte sie nicht haben. Nicht heute Nacht und auch in keiner anderen. Aber andererseits durfte Hiss sie genauso wenig haben. Das musste er verhindern. Ganz egal, wie nett und respektvoll dieser Kerl war. Kein anderer würde Amalie anfassen. Das würde er nicht zulassen, und sein Puma genauso wenig. Ein Grollen stieg in seiner Kehle auf. Das lag alles am Duft der Seerosen. Ganz sicher. Aus welchem Grund sollten ihm sonst derart besitzergreifende Gedanken kommen?

»Komm mit«, befahl er, nahm ihre Hand und zog sie von der Tanzfläche.

»Irgendwie habe ich ein Déjà-vu«, sagte sie trocken. »Wo willst du hin, Xavier? Hiss kommt gleich wieder.«

Ohne auf ihrer Frage einzugehen, zog Xavier sie in den Schatten des Obststands. Aus den Augenwinkeln sah er Hiss, der sich mit den Getränken in der Hand suchend auf der Tanzfläche umsah.

Sie ist nicht für dich bestimmt. Nicht jetzt und nicht später. Niemals.

Xavier zog sie fest an sich, drängte sie rückwärts gegen die ausgebleichte weiße Wand des Stands und beugte sich über sie. Er holte tief Luft.

Schwer atmend sah Amalie zu ihm auf. »Was ist nur los mit dir?«

Was mit ihm los war? Fast hätte er gelacht. Scheiße, er war völlig außer sich. Bestimmt stand er unter Drogen. Konnte gar nicht anders sein. »Ich will gehen.«

In ihren Augen blitzte Ärger auf, und sie wollte sich an ihm vorbeischieben. »Dann geh doch.«

Doch er stützte die Hände links und rechts neben ihr gegen die Wand und schüttelte den Kopf. »Ich will, dass du mitkommst.«

Sie schüttelte den Kopf. »Nein.«

»Du hattest deinen Körperkontakt«, flüsterte er. »Du hattest deinen Flirt und dein Date.«

»Das war nicht genug. Das war noch gar nichts. Ich will mehr.«

Ein Fauchen drang aus seiner Kehle, als er sich ganz dicht zu ihr beugte, bis sich ihre Nasen beinahe berührten. »Wenn dich dieser Jäger noch einmal anfasst, werde ich ihm sehr wehtun.«

Amalie knurrte ihn an und versuchte zurückzuweichen, aber überall war Wand. »Was zum Teufel ist nur mit dir los?«

»Ich beschütze dich.«

»Wovor? Vor Hiss? Er ist ein guter Kerl.«

»Das meine ich nicht.«

»Wovor dann? Dass mich jemand im Arm hält? Mich küsst? Das ist etwas völlig Normales, Xavier.«

Der Puma in ihm zerrte an seiner Kette. Xavier rieb seine Nase an ihrer. »Verdammt, Amalie.«

»Ach komm, Xavier. Tu mir das nicht an«, brachte sie in gequältem Ton hervor. »Du darfst dich mir nicht in den Weg stellen. Das ist nicht fair. Gerade von dir nicht. Erwartest du wirklich, dass ich allein durchs Leben gehe? Ungeküsst? Als Jungfrau ...?«

Sie brachte den Satz nicht zu Ende. Dieses Wort – nein, die Vorstellung – gab Xavier endgültig den Rest. Mit einem besitzergreifenden Fauchen schob er ein Bein zwischen ihre Schenkel und küsste sie lange und leidenschaftlich.

O verflucht, wie gut sie schmeckte.

Vor Lust lösten sich Xaviers Gedanken in tausend kleine Stücke auf. Der Geschmack dieses Kusses übertraf alles, was er sich je vorgestellt hatte. Süß und heiß und feucht und voller Lust. Er wollte sie verschlingen, wollte ganz mit ihr verschmelzen.

Sofort schlang er die Arme um ihren Hals, und als sie an seinen Lippen aufstöhnte, fuhr ihm dieses Geräusch direkt in den Schwanz. Er saugte und knabberte an ihrer Lippe, um sie dann noch einmal leidenschaftlich zu küssen. O Gott, das war es. Sie war perfekt. Perfekt für ihn. Wie sie sich bewegte, wie sie ihn berührte, sich an ihn schmiegte ... ihn wollte. Ab jetzt gab es kein Zurück mehr für ihn. Er hatte sie gespürt und geschmeckt. Ihre Lust und ihr Verlangen galten ihm. Wie konnte er jemals wieder einen anderen in ihre Nähe lassen?

Und dann streichelte sie seine Schultern und seinen Rücken, grub die Nägel in seine Haut und biss ihm auf die Zunge, und da verlor er jede Beherrschung. Zurückblieben, hier im Dunkel der Schatten, nur zwei verzweifelte Puma-Gestaltwandler und ihre rasende Lust. Xavier stöhnte Amalies Namen, presste sie an sich und küsste sie wild. Er drängte den Oberschenkel fester zwischen ihre Beine und konnte spüren, wie feucht und heiß sie war. Er wollte in ihr sein, weil es so bestimmt war. Er wollte sie nehmen, ihr das Kleid hochschieben, den Slip herunterreißen und sie hier und jetzt vögeln. Ihm war egal, wer sie dabei sah. In diesem Augenblick wünschte er sich sogar Zuschauer. Auch der letzte Pantera sollte sehen, zu wem Amalie gehörte.

Der Gedanke bremste seine Leidenschaft abrupt aus.

Ebenso wie der Blick in ihre verträumten, vor Lust verschleierten Augen, als er zurückwich.

»Scheiße«, flüsterte er so dicht an ihrem Mund, dass sich sein Atem mit ihrem vermischte.

Sie schluckte und versuchte, ihren Blick wieder scharfzustellen. »Xavier.«

Beim Klang seines Namens aus ihrem Mund drängte sich sein Schwanz gegen den Reißverschluss seiner Jeans. Dann schaute er an ihr vorbei und entdeckte Hiss, der noch immer nach ihnen suchte. Verwirrung und Sorge lagen auf seinen Zügen. »Es tut mir so leid, Amalie.«

»Sag so etwas nicht.«

»O Scheiße, das war ein Fehler.«

»Und auch das nicht.«

Er wollte sie loslassen, wollte sie gehen lassen, doch er brachte es nicht über sich. Hiss hatte sie zwar noch nicht gesehen, kam ihrem Versteck aber immer näher. Ein tiefes, beängstigendes Knurren drang aus Xaviers Kehle. Er wusste, wenn der Jäger Amalie jetzt zu nahe käme, würde er ihn wirklich angreifen, vielleicht sogar töten, so aufgebracht war er und so eifersüchtig. Der Puma in ihm fauchte und schlug ihm die Krallen in die Eingeweide. Um sich selbst – und womöglich auch den Jäger – zu retten, ließ Xavier das Tier frei.

Mit stolpernden Schritten wich er von Amalie zurück und verwandelte sich.

»Xavier.« Erregung lag in ihrer Stimme.

Für einen kurzen Moment sah er sie an, sah Wut und Schmerz und immer noch Lust, und der Puma fauchte und zischte, bevor er kehrtmachte und davonlief. Fort von der Party, dem Essen, der Musik und der sexuell aufgeladenen Atmosphäre.

Und von der Frau, deren Geschmack er nie wieder würde kosten dürfen – ganz egal, wie verzweifelt er sich danach sehnte.

6

Wütend und so unglaublich erregt, dass sie nur noch in ihr Zimmer gehen und Trost bei ihrer Hand finden wollte, stürmte Mal ins Haus. Der arme Hiss. Er hatte eine wunderbare Frau verdient. Keine blöde Kuh wie sie, die unrettbar in einen anderen verliebt war. Der Jäger sah fantastisch aus und war ehrenhaft, und heute Abend hatte ihn so manche Frau mit begehrlichen Blicken beobachtet. Er hätte noch bleiben können, nachdem sie ihm gesagt hatte, dass sie nach Hause wollte. Das wäre besser gewesen. Aber er hatte darauf bestanden, sie nach Hause zu begleiten.

Während Xavier sie einfach stehen gelassen hatte. Schwer atmend, durcheinander und stinksauer.

Xavier.

Dieser verdammte Kerl hatte sie völlig verdorben. Zum ersten Mal an jenem Geburtstag am Bayou, als sie in Lust und Liebe zu ihm entbrannt war, und jetzt heute Abend, als er ihr einen kurzen Moment dieser Fantasie geschenkt und sie ihr dann wieder aus den Händen gerissen hatte. Nein, nicht nur aus den Händen gerissen, sondern in Fetzen.

Sie knallte die Tür zu und lief durch den Flur, dabei vermischte sich die Erinnerung an die Berührungen seiner Hände und seiner Lippen mit seiner Entschuldigung und dem Bedauern. Scheiß auf ihn, sie wollte das nicht – keins von beidem. Warum konnte er das nicht kapieren? Sie forderte keine gemeinsame Zukunft, kein Paarungsversprechen. Sie wollte nur eins.

Dass er der Erste war.

Das Geräusch von laufendem Wasser ließ ihre emotionalen und frustrierten Gedanken abrupt abreißen, und statt in ihr Zimmer zu gehen, machte sie im Flur kehrt und ging zu der Tür, die zur Außendusche führte. Sie wusste, wer da draußen – da *drinnen* – war. Mit jedem Schritt, mit jedem bebenden Atemzug ermahnte sie sich, stehen zu bleiben und umzukehren. *Geh in dein Zimmer, mach es dir selbst und geh schlafen.*

Aber weil sie nun mal ein Puma war, ließ sich ihr Jagdinstinkt nicht unterdrücken. Er war die Beute ihres Lebens. Ob sie es wollte oder nicht, Xavier war ihr Traum, sie war süchtig nach ihm, und er war dort in der Dusche. Nackt und nass. Wasserdampf würde von seinem muskulösen Körper aufsteigen. Das musste sie sehen. Sie musste *ihn* sehen.

Ohne einen weiteren Gedanken zog sie Kleid, Slip und BH aus und ließ alles zu Boden fallen.

Die Hand um sein Glied gelegt lehnte Xavier an der Steinwand der Dusche. Heißes Wasser prasselte ihm auf Schultern und Rücken. Er war so ein Arsch. Dass er sie angefasst, sogar geküsst hatte! Er besaß weder Selbstbeherrschung noch Ehre. Und er konnte es nicht einmal auf das Fest oder auf den Mond oder die violetten Seerosen schieben. Dieses atemberaubende Begehren, das unwiderstehliche Verlangen strömte nämlich auch jetzt noch wie eine rachsüchtige Schlange durch seine Blutbahn.

Stöhnend und grollend strich er an sich auf und ab und gab sich alle Mühe, nur Leere vor seinem inneren Auge zu sehen. Doch es nützte nichts. Sie war da. Eingebrannt. In diesem Kleid und ohne es. Wie sie ihn anlächelte, lachte, wie sie ihm auf die Lippe biss und ihm die Fingernägel in den Rücken grub.

Ein Tropfen bildete sich auf der Spitze seines Schwanzes, und er fuhr mit den Fingern darüber. Als er wieder den Schaft umfasste, legte sich plötzlich eine warme Hand auf seine und drückte zu.

»Na, baust du ein bisschen Spannung ab?«, flüsterte eine weibliche Stimme verführerisch.

Xavier riss den Kopf hoch, öffnete die Augen und ließ seine Erektion los. »Verdammt, Amalie! Was machst du hier?«

Sie schlang die Finger um ihn und murmelte: »Beweg dich nicht.« Dann sah sie ihn vorwurfsvoll an. »Du hast mich heute Abend geküsst.«

Ihre Hand war heiß und weich, und sie umfing ihn so besitzergreifend und geschickt. Er stöhnte. »O Scheiße.«

»Das ist keine Antwort, keine Erklärung und auch keine Entschuldigung.« Mit nichts als einem kämpferischen, extrem sexy Lächeln am Leib packte sie seinen Schwanz fester.

Herrgott, wie sehr wollte er sich bewegen und in ihre heiße, kleine Hand stoßen. »Es war ein Fehler, Amalie«, brachte er hervor. Das Herz hämmerte ihm gegen die Rippen.

»Vielleicht.« Sie fauchte leise. »Wahrscheinlich. Aber es ist nun mal passiert, und ich kann es nicht mehr vergessen. Du etwa?«

Er wurde steinhart in ihrer Hand.

Als sie spürte, welche Wirkung sie auf ihn hatte – schon allein ihre Worte –, lächelte sie breit und fing an, ihn zu streicheln. »Dachte ich mir.«

Innerlich fluchend starrte Xavier sie an. Bei jedem Atemzug, den er sich in die Lunge zwang, blähten sich seine Nasenflügel. Dampfschwaden stiegen um sie herum auf, schafften es aber nicht, ihren nackten Körper zu verhüllen. Ihren unglaublich heißen, nackten Körper. So oft hatte er sich ausgemalt, wie sie unter der Kleidung aussah, wie sie nackt vor ihm stand oder auf seinem Bett lag. Doch das war nichts im Vergleich mit der Realität. Sie war vollkommen. Ihre Beine waren lang und muskulös, die Arme stark und straff, die Schultern über der schmalen Taille wunderschön. Aber was ihm das Wasser im Mund zusammenlaufen ließ, weswegen er erwartungsvoll die Fäuste ballte, das waren ihre großen, schweren Brüste.

»Warum bist du früher nach Hause gekommen, Amalie?«, fragte er heiser und fing ihren Blick auf.

In ihren herrlichen dunkelgrünen Augen loderte ein smaragdfarbenes Feuer. »Ich hatte es satt, Spielchen zu spielen und allen etwas vorzumachen. Das wäre Hiss gegenüber nicht fair.«

»Hiss.« Er kniff die Augen zusammen. »Hat dich der Jäger angefasst?«

Flink fuhr sie sich mit der Zunge über die Unterlippe. »Der Einzige, der mich heute angefasst hat, warst du, Xavier.« Mit der anderen Hand umfasste sie seine schweren Hoden und massierte sie. »Und das hat mir nicht gereicht. Verdammt, das war nur ein Appetithappen.«

Seine Bauchmuskeln spannten sich, er stöhnte auf. »Scheiße ... wenn du so weitermachst, komme ich.«

»Gut.« Sie kam zu ihm unter die heiße Dusche, ihr Streicheln wurde schneller und fester. »Sag es mir.«

»Was?« Sein Körper versteifte sich in Erwartung des Höhepunkts, und es kostete ihn alle Kraft, sie nicht an den Hüften zu packen, sie gegen die Steinwand zu stoßen und sie zu vögeln, bis ihr Hören und Sehen verging.

»Sag mir, warum du nicht willst, dass ich mit ihm zusammen bin«, forderte sie flüsternd.

Er fixierte sie mit einem raubtierhaften Blick und knurrte: »Du sollst mit niemandem zusammen sein.«

Sie beugte sich noch näher zu ihm und rieb ihn, während sie ihre harten Brustwarzen über seine Haut gleiten ließ. »Warum? Sag mir den Grund.«

»Niemand ist gut genug für dich, Amalie«, brachte er heiser hervor. Sein Schwanz wurde härter und größer.

»Nicht einmal du?«

Er fluchte und stieß in ihre Hand. »Vor allem nicht ich.«

»Das ist Quatsch.« Sie beugte sich über seine Brust. »Und das weißt du. Herrgott, das musst du doch wissen.«

Dann sagte sie nichts mehr. Sie schloss die Lippen um seine Brustwarze, und während sie ihn streichelte, ihn massierte, saugte sie daran und strich mit den Zähnen über seine Haut.

Xavier verlor jedes Gefühl dafür, was richtig oder falsch war oder was er sich für sie wünschte. Sie hatte ihn überwältigt. Er war in ihrer Gewalt. Und jetzt gab es kein Zurück mehr. Er zuckte, schob die Hüften vor und bohrte seinen Schwanz tief in ihre weiche, verdorbene Hand, die ihn immer schneller streichelte. Seine Hoden zogen sich zusammen und füllten sich, und er knurrte ihren Namen. Mit einem letzten Zucken der Hüften schoss sein heißer Samen aus ihm hervor. Als er auf ihre Hände und ihren Bauch spritzte, biss sie ihm sacht in die Brustwarze, und er fluchte und stöhnte ihren Namen. Immer und immer wieder.

Nur Sekunden später, während der Orgasmus ihn noch erbeben ließ, begriff er. Lust und Verlangen, wie er es noch nie erlebt hatte, ergriffen von ihm Besitz. Er musste sie haben, sonst würde er den Verstand verlieren. Dann fauchte er, und der Puma war ganz dicht unter der Oberfläche, als er sie an den Hüften packte, sie hochhob und gegen die Wand der Dusche drückte, wo sie vor dem prasselnden Wasser geschützt war.

»Du hast den Puma befreit, Amalie«, sagte er, den Blick fest auf sie gerichtet. Seine Stimme war ein gefährliches, tiefes Schnurren. »Und er hat Hunger.«

Eine köstliche Unruhe erfüllte Mal, als Xavier vor ihr auf ein Knie ging. Sie war zwar noch Jungfrau, aber sie war nicht unschuldig. Bei den Pantera wurden die Umstände der Paarung nicht hinter einem Schleier der Schamhaftigkeit und Unmoral verborgen. Man nutzte sie, um Nähe zu schaffen und Liebe auszudrücken, um dem Puma die Gelegenheit zu geben, menschliche Berührungen zu spüren und dem Menschen ein Ventil für seinen animalischen Trieb. Schon oft war Mal bei der Patrouille im Wald auf Pärchen gestoßen, die sich küssten, streichelten oder es sogar miteinander trieben. Normalerweise ließ sie sie allein und lief in die entgegengesetzte Richtung weiter. Doch hin und wieder war sie auch stehen geblieben, um zuzusehen. Verborgen hinter einem Baum, mit hämmerndem Herzen, während ihre Muschi eng und feucht wurde, hatte sie dann beobachtet, was sie sich selbst so sehr wünschte.

Was sie sich für den Mann aufgespart hatte, der nun vor ihr kniete.

Mit seinen eisblauen Augen erkundete Xavier ihren Bauch, ihren Brustkorb und ihren Busen. Er sah, wie ihre Brustwarzen hervortraten und ihre Brust sich unter dem aufgeregten Atem schnell hob und senkte. Sie wusste, was er vorhatte, wo er sie mit dem Mund – mit der Zunge – berühren würde. Und als er ihre Knöchel umfasste und langsam aufwärtsstrich, stöhnte sie erwartungsvoll auf.

Noch immer stieg Dampf auf und hüllte sie schützend ein. Xavier sah ihr in die Augen, und dann spürte sie seinen hungrigen, leidenschaftlichen Blick zwischen ihren Schenkeln. Erwartungsvoll zogen sich ihre Muskeln zusammen, ihr zitterten die Knie. Sie musste die Hände fest zu Fäusten ballen, damit sie nicht seinen Hinterkopf packte und sein Gesicht zwischen ihre Beine drückte.

»Du bist so schön«, raunte er und sah zu ihr auf. »Wunderschöne Amalie.«

Bei seinen Worten zog sich ihr das Herz zusammen. Er hatte ja keine Ahnung, wie lange sie schon darauf wartete, dass er so mit ihr sprach. Zärtlich und voll sinnlichem Verlangen. Es riss ihre Schutzmauern ein und machte sie offen und verwundbar. Sie wimmerte.

»Schhh«, flüsterte er. Sacht strich er über die Innenseiten ihrer Oberschenkel, immer weiter aufwärts. An ihrem Venushügel angelangt spreizte er ihre Schamlippen weit und stöhnte lustvoll auf. »Die wunderschöne Amalie hat eine wunderschöne Möse.«

Danach schien Mals Hirn einfach auszusetzen. Als er den Kopf senkte und mit der Zunge vom Scheideneingang bis zu ihrem Kitzler fuhr, war sie nur noch ein zitterndes Nervenbündel. Die Empfindung war so unglaublich, so vollkommen, dass es fast unerträglich war. Mit beiden Händen stützte sie sich an der Wand ab, um ihn besser betrachten zu können. Den dunklen Schopf zwischen ihren Beinen, seine Zunge, die geschickt über ihre Klitoris schnellte. Er stöhnte auf und schob einen Finger in sie hinein.

Vor Lust rang sie nach Atem. Bisher hatte ihr Körper nur die Berührung ihrer eigenen Finger gekannt, und auch wenn das schon sehr schön gewesen war – Xaviers großen Zeigefinger tief in sich zu spüren, war tausendmal besser.

»O Amalie«, flüsterte er heiser an ihrem prall geschwollenen Kitzler. »Du bist so eng. So heiß. So honigsüß und feucht, wie du dich bebend an mich schmiegst.«

Mal schloss die Augen und ließ den Kopf zurückfallen. Der Dampf hüllte sie ein.

»So ist es gut« sagte Xavier, schob einen zweiten Finger in sie und stieß behutsam tiefer. »Ich will dir Lust bereiten, Amalie. Du sollst so heftig kommen, dass du schreist. Gott, ich will nichts mehr, als dich glücklich zu machen.«

Wieder legte er die Lippen auf sie und stieß die Finger mit jedem Mal tiefer in sie. Er saugte an ihrem Kitzler, zupfte sanft daran und schickte sie in den Himmel, hinauf zum Purpurmond. Wimmernd grub sie die Fingernägel in die Wand und drängte sich zuckend seinem leidenschaftlichen Mund entgegen, der von ihrer Erregung glänzte.

Als sie glaubte, jeden Moment zu explodieren, zog Xavier sich zurück, und seine Berührungen wurden sanfter. Er ließ die Zunge um ihre geschwollene, empfindliche Lustknospe kreisen und auf und nieder schnellen, bis Mal nach Luft rang. Doch was sie letztlich überwältigte, was sie in den Dampfschwaden erstarren und laut aufstöhnen ließ, war sein Schnurren. Die Vibration stieg tief aus seiner Kehle auf und setzte sich in seiner Zunge fort.

Die er fest auf ihre Klitoris drückte.

Mit einem qualvollen, glücklichen Aufschrei kam sie unter seinen Lippen, ihre Knie gaben nach, ihre Schenkel zitterten. Xavier zog die Finger aus ihr heraus, packte ihren Po und hielt sie fest, um sie zu küssen und ihre Lust zu trinken.

Es schien Stunden zu dauern, bis sie wieder zu sich kam, bis ihre Beine nicht mehr zitterten und er aufhörte, sie zu liebkosen, und den Kopf an ihren Bauch lehnte.

»Xavier«, murmelte sie. »Ich will mit dir ins Bett.«

Einige Sekunden lang schwieg er. Dann ließ er sie los und stand auf. Der gequälte und schuldbewusste Ausdruck auf seinem wunderschönen Gesicht in Verbindung mit der Feuchtigkeit um seinen Mund brachte sie zum Knurren.

Sie wollte ihn ablecken, wollte sich selbst auf seiner Haut schmecken.

Und dann fluchte er und schüttelte den Kopf und machte ihnen beiden alles kaputt.

»Verdammter Mistkerl.« Ihr Herz geriet ins Taumeln. »Du willst mich. Ich weiß es.«

»Das ist nicht der Punkt«, presste er hervor.

Sie suchte seinen Blick. »Glaubst du, das war ein Fehler?«

»O Amalie.«

»Glaubst du das?«, wollte sie wissen. Plötzlich fühlte sie sich ganz nackt und verwundbar.

»Es hätte nicht passieren dürfen.« Er wandte den Blick ab, sein Kiefer so starr wie der Rest von ihm. »O Scheiße.«

»Genau. Ich scheiß auf dich!«

Schluss. Aus. Das war genug. Das musste ihre gottverfluchte Schwärmerei für ihn doch ein für alle Mal abtöten, oder?

Falsch, flüsterte ihr Herz, das sich unglücklich zusammenzog. Sie schob sich an ihm vorbei und stolperte aus der Dusche, hinaus in die duftende Nachtluft. Mit Tränen in den Augen rannte sie ins Haus und durch den Flur. Wie dumm! Wie dumm und idiotisch sie doch war. Vielleicht hatte er recht, und sie war wirklich noch ein Junges. Denn nur ein Jungtier wäre so verflucht lange unglücklich in jemanden verliebt. Nur ein Jungtier würde so reagieren wie sie: verletzt und traurig und trotzdem voll verzweifelter Sehnsucht. Eine erwachsene Frau würde befriedigt mit ihrem Orgasmus von dannen ziehen.

Sie knallte die Schlafzimmertür zu und lief zum Bett. Unter der Bettdecke war ihr dann kalt, und es war nass, weil sie sich nicht abgetrocknet hatte. Aber das war ihr egal. Sie wollte nur in Ruhe weinen können.

Sie hörte nicht, wie die Tür aufging. Hörte nicht, wie Xavier ins Zimmer kam. Erst als die Matratze unter seinem Gewicht nachgab und er sich von hinten an sie kuschelte, bemerkte sie seine Gegenwart und seinen Geruch.

»Sag nie wieder *Ich scheiß auf dich* zu mir«, flüsterte er ihr ins Ohr.

Sie unterdrückte ein Schluchzen. »Warum nicht? Du hast es doch verdient.«

»Vielleicht. Aber es tut mir weh. Es trifft mich tief, meine Schöne.«

Knurrend wischte sie sich die Tränen aus den Augen, drehte sich zu ihm um und sah in diese umwerfenden blauen Augen. »Wie kannst du so etwas sagen? Du bist es doch, der mir wehtut. Jedes Mal, wenn du mich zurückweist. Jedes Mal, wenn du sagst, dass es ein Fehler ist – dass das mit *uns* ein Fehler ist.«

»Ich muss das sagen«, brachte er hervor. Leidenschaftliche Hitze loderte in seinen Augen. »Verdammt, Amalie.« Er strich ihr die Haare aus dem Gesicht und ließ die Hand an ihrer Wange liegen. »Wenn ich mit dir schlafe, werde ich mich mit dir paaren. Ich werde Ansprüche auf dich erheben. Verstehst du, was ich meine?«

Alles in ihr verspannte sich. *Ansprüche.* Sie starrte ihn an.

Er sah sie durchdringend an und knurrte: »Verdammt noch mal, du gehörst dann mir.«

»Ich will dir gehören«, sagte sie kopfschüttelnd. »Heute Nacht und morgen, die ganzen nächsten drei Tage ...«

»Nein, Amalie«, unterbrach er sie. Seine Stimme klang todernst. »Ein Leben lang.«

Seine Worte brachten sie zum Schweigen, ihre Brust schmerzte, und in ihrem Kopf wirbelten Gedanken, Erinnerungen und Wünsche durcheinander. Sie wusste nicht, was sie empfinden sollte. Dass er nach dem Sex aus reinem Pflichtgefühl bei ihr blieb, wollte sie nicht. Und das hatte er doch gerade gesagt, oder nicht? Dass er sich, wenn er mit ihr schlafen würde, verpflichtet fühlen würde, sie zur Gefährtin zu nehmen.

»Ich verlange nicht mehr von dir als das hier, Xavier«, fing sie an. »Drei Tage lang. Ich verlange keine Verpflichtungen, keinen Gefährtenbund ...«

Wieder unterbrach er sie, diesmal jedoch mit einem tiefen, leidenschaftlichen Kuss. Er war so intensiv und erregend, dass Mal nicht anders konnte, als aufzustöhnen, sich enger an ihn zu schmiegen und die Arme um seinen Hals zu schlingen.

Als er sich aus dem Kuss löste, ging ihr Atem schwer, und ihre Augen waren geweitet. Ihr Puma und sie schnurrten um die Wette.

»Das hat nichts damit zu tun, was du verlangst, Amalie«, sagte er mit animalischer Leidenschaft. »Es geht nicht einmal darum, was du willst – obwohl ich alles für dich tun würde. Es geht um mich. An alledem bereue ich nur eines: Wenn ich einmal dem nachgegeben habe, was ich mir wünsche und wonach ich mich so sehr sehne, glaube ich nicht, dass ich dich jemals wieder gehen lassen kann. Und wenn wir es miteinander tun, wenn sich unsere Körper vereinen, wirst du nie wieder von mir wegkommen. Das werde ich nicht zulassen, du wirst mir gehören. Für immer und ewig. Niemand wird dich ansehen, ohne dass ich ihn anknurre. Niemand wird dich anfassen, ohne dass ich ihm die Pfoten abreiße.« Er legte die Arme um sie, packte sie am Hintern und zog sie fest an sich. »Und schon jetzt, wo ich den Geschmack deiner Lust auf der Zunge und in mir habe, weiß ich nicht, ob ich dich noch gehen lassen kann.«

Mal starrte ihn mit offenem Mund an. Sie hatte das Gefühl, ihr Kopf und ihr Herz müssten jeden Moment explodieren. »Xavier …«

»Nein, nein«, sagte er heiser, während er ihren Po und ihren Rücken streichelte. »Nicht heute Nacht, meine Schöne. Nicht mehr heute Nacht. Ich will dich einfach im Arm halten, wenn du schläfst. Ich möchte deine Wärme spüren, deine Haut an meiner.«

7

Das Licht tat Xavier in den Augen weh, als er aufwachte. Die Nächte, in denen er durchschlief, konnte er an einer Hand abzählen. Normalerweise war sein Kopf so voller Ideen und ständig in Bewegung, während er Codes entwickelte und knackte, dass er nie genug Ruhe fand, um gut zu schlafen.

Aber letzte Nacht war es anders gewesen.

Er seufzte leise, genoss die Körperwärme und den süßen Duft der Frau, die neben ihm lag und den Rücken an seine Brust und seine Leiste schmiegte. Als er unter der Dusche vor ihr gekniet hatte, war er nicht auf das Ausmaß des Verlangens gefasst gewesen, das ihn ergriffen hatte. Diese aufwallende Gier, sie zu besitzen. Auch jetzt, wo er sie im Arm hielt und das Blut in seinen Schwanz strömte und ihn hart werden ließ, konnte er es spüren.

Sie gehört mir.

Noch benommen vom Schlaf senkte Xavier den Kopf und küsste sie auf den Nacken. Ihre Haut war so wunderschön, so weich über den schlanken Muskeln. Gerade wollte er mit den Lippen ihre Wirbelsäule nachzeichnen, ganz hinunter bis zu ihrem süßen Hintern und wieder hinauf ins Paradies, da klingelte im Wohnzimmer sein Smartphone. Er wollte es ignorieren und reckte sogar den Mittelfinger Richtung Tür. Aber er wusste, dass es Neues über den Eigentümer der Kamera geben konnte, vielleicht sogar über Chayton. Raphael, Ashe, die Ältesten und die übrigen Pantera verließen sich auf ihn – er hatte ihnen sein Wort gegeben.

Mit einem schnellen Kuss auf Amalies Schulter und dem festen Vorsatz, wieder im Bett zu sein, bevor sie wach wurde, verließ Xavier die Bettwärme und tappte hinaus in den Flur.

Er nahm das Handy von der Couch, nahm den Anruf entgegen und sagte mürrisch: »Ja.«

»Scheiße, X.« Am anderen Ende erklang Captains Lachen. »Bist du mit dem falschen Fuß aufgestanden?«

Der Fuß war nicht das Problem, nur das Aufstehen. »Was gibt's, Cap?«

»Ich hab was für dich. Bist du am Computer?«

Xavier hatte schon beide Computer aufgeklappt und das Handy auf Lautsprecher gestellt, bevor er sich hinsetzte. »Schieß los.«

»Hab den Laden gefunden, der die Kamera verkauft hat«, sagte Captain. Seine Stimme dröhnte aus dem Lautsprecher, den Xavier an einen der Computer angeschlossen hatte.

Xavier konnte hören, wie der andere Mann schnell und hart auf die Tastatur einhämmerte. »Mit unserer Seriennummer?«

»Ja.«

»Lass sehen.«

Sofort öffneten sich auf seinem Bildschirm die Website des Fotogeschäfts und eine Kopie der Rechnung. Während Xavier die Bilder vergrößerte, erklärte Captain: »Der Laden speichert seine Verkaufsdaten digital, um Platz zu sparen. Aber die Back-ups hatten eine Schwachstelle, die ich dank meines Genies ausnutzen konnte.«

Xavier schnaubte über die Selbstgefälligkeit des Mannes. »Keine Adresse?«, fragte er, während sich seine Finger in rasender Geschwindigkeit über die Tasten bewegten.

»Wer der Käufer auch ist, er hat die Kamera persönlich gekauft und bar bezahlt.«

»Scheiße.«

»Wart's ab, Bro. Jetzt kommt der Teil, der dir gefallen wird.« Xavier konnte den anderen Puma förmlich grinsen hören. »Vielleicht hilft das ja sogar gegen deine besch…eidene Laune.«

»Glaub ich kaum.« Er zwang sich zur Konzentration – und zwar nicht auf das Bett und die warme, feuchte, nackte Frau darin, sondern auf die Arbeit.

»Unser Kamerakäufer hat eine E-Mail an das Geschäft geschrieben«, teilte Captain ihm stolz mit.

»Im Ernst?«

»Ein Serviceproblem. Anscheinend hat der Akku nicht so lange gehalten wie versprochen.«

Das war gut. Verdammt gut. Bisher waren all ihre Spuren im Sande verlaufen. Sollte ihr Zielobjekt am Ende doch noch einen digitalen Fingerabdruck hinterlassen haben? »Hast du sie zurückverfolgt?«

»Ja. Kein Glück bis jetzt. Die Spur springt über den ganzen Globus. Mit wem wir es auch zu tun haben – derjenige hat auf jeden Fall einen verschlüsselten Router an seinem PC – oder was für einen Computer er sonst nutzt.«

Xavier grinste, als die E-Mail-Adresse auf seinem Bildschirm angezeigt wurde. »Sollten wir es hier womöglich mit einem Technikfreak zu tun haben?«

»Ich weiß es nicht. Aber so oder so ist das jetzt dein Job. Keiner knackt Codes so gut wie du. Da bist du ein echter Künstler.«

»Danke, Kumpel. Sobald ich den Standort habe, sehe ich ihn mir persönlich an, um herauszufinden, ob uns dieser Mensch zu Chayton führen kann. Ich bin übers Handy erreichbar, wenn ihr mich braucht.«

Captain zögerte kurz, bevor er bemerkte: »Spurensuche zu Fuß und offline? Ist das nicht ein Job für die Jäger?«

»Natürlich ist es das«, sagte eine weibliche Stimme hinter ihm.

Xavier wirbelte herum und knurrte den Eindringling an. Einen nackten und sehr sexy Eindringling. Mal stand in der Tür zu ihrem Schlafzimmer und trug nur ein Oberteil, das kaum ihren rasierten Venushügel bedeckte. Blut strömte in seinen Schwanz, und obwohl sein Geek-Kollege sie durchs Telefon nicht sehen konnte, wurde Xavier rasend eifersüchtig.

»Ich muss los, Cap. Ich melde mich.«

Er wartete nicht einmal die Antwort des anderen Mannes ab, sondern drückte einfach auf die Taste und stand auf. »Du hättest im Bett bleiben sollen.«

»Warum? Hattest du vor zurückzukommen?«

»Ja, verdammt.«

Ihre Lippen verzogen sich zu einem anzüglichen Lächeln, als ihr Blick zu der großen Erektion hinabglitt, die sich gegen seinen Bauch presste. »Zu schade, dass wir losmüssen. An die Arbeit.«

Das Wörtchen *wir* war Xavier nicht entgangen. Er schüttelte den Kopf. »Keine Chance, meine Schöne.«

Sie lehnte sich in den Türrahmen, wobei der Saum ihres Oberteils hochrutschte und ihm freie Sicht auf ihre herrliche Möse gab.

Ihm lief das Wasser im Munde zusammen. O Gott, er wollte sie noch einmal lecken. Ihre Schenkel auseinanderschieben und die Zunge tief in sie hineinschieben, bis sie schrie.

Aber mit jeder Sekunde kam er einem Platz in der Hölle neben Shakpi näher.

»Ich bin eine der besten Spurenleserinnen in den Wildlands«, sagte sie und versuchte, seinen Blick aufzufangen.

»Ich werde die Wildlands verlassen, Amalie«, entgegnete er.

Ihr katzenhaftes Lächeln wurde breiter. »Perfekt. Wir könnten eine Auszeit gebrauchen.«

»Von den Pantera oder voneinander?«

»Die Antwort überlasse ich dir.« Sie kreuzte die Arme, packte den Saum ihres Tops und zog es sich über den Kopf. Nackt, mit hart werdenden Brustwarzen und den Blick immer noch fest auf ihn gerichtet, warf sie das weiße Stück Stoff nach ihm. »Ich kann natürlich auch hierbleiben. Allein.« Sie lachte leise. »Oder auch nicht.«

Ein Lusttropfen bildete sich auf seiner Eichel, und aus seiner Kehle drang ein Knurren. »Das ist unfair.«

»Ach, Xavier«, schnurrte sie. »Du hast ja keine Ahnung.«

Sie würde ihn noch umbringen. Oder erst zum Leben erwecken. Er wusste nicht recht, welche Option ihm größere Sorgen machte. Aber so oder so konnte er dieser Frage im Moment nicht nachgehen. Dafür war er zu aufgeregt und sie zu verführerisch.

»Also gut«, brachte er hervor. »Zieh dir verdammt noch mal was an, bevor ich dich gleich da an der Tür durchficke.«

»Immer diese leeren Versprechungen«, rief sie ihm zu, drehte sich um und ging zurück in ihr Zimmer.

Mal hatte die Arme um Xaviers Taille gelegt und genoss das Gefühl, seinen Rücken an ihrer Brust zu spüren und die Vibrationen des Motorrads zwischen ihren Beinen. Es war nicht so aufregend, wie auf seinem Puma zu reiten, aber es kam verdammt nah dran.

Sich anzuziehen, das Haus und die Wildlands zu verlassen, hatte sie beide übermenschliche Kräfte gekostet. Aber die Erinnerung daran, warum sie auf diese Mission gehen und den Hinweisen auf Chaytons Aufenthaltsort nachgehen mussten, hatte ihre vor Lust vernebelten Gedanken wieder geklärt: Sie mussten Chayton finden, bevor es ihre Feinde taten.

Die Hitze des Tages lastete immer schwerer auf ihnen, je näher sie Lafayette kamen. Insekten flogen ihnen gegen die Helmvisiere, und Mal wünschte, sie hätte etwas Leichteres an als eine schwarze Lederjacke über dem blauen Tanktop. Xaviers Freund hatte die IP-Adresse zu zwei möglichen Orten zurückverfolgt: zu einem Coffeeshop in Lafayette und zu einer Hütte in den Sümpfen. Zuerst hatten sie sich den Coffeeshop vorgenommen. Der Besitzer war einigermaßen freundlich gewesen, hatte ihnen aber keine weiterführenden Hinweise gegeben. Anscheinend gingen bei ihm den ganzen Tag lang Leute mit Laptops ein und aus. Der Mann hatte berichtet, dass er manche Gäste wiedererkannte, aber nur mit wenigen so vertraut war, dass er persönliche Informationen bekam.

Jetzt, am späten Nachmittag, waren sie auf dem Weg zu der Hütte.

»Leg die Arme fester um mich, Amalie«, rief Xavier ihr zu, als er sich mit erfahrenem Geschick in eine Kurve legte.

»Ich fall schon nicht runter«, rief sie.

»Wer sagt denn was von runterfallen?« Er nahm eine Hand vom Lenker und drückte ihre Arme fester an sich. »Ich will dich nur spüren.«

Lächelnd rieb sie das Kinn an seiner Schulter. Es war egal, ob es nun Fantasie oder Realität war. Ob drei Tage oder einer, es spielte keine Rolle. Sie war noch nie so glücklich gewesen. »Die Worte werde ich mir merken«, rief sie ihm zu.

»Gut«, knurrte er.

Nach einer kurvenreichen Strecke, einem Hügel und einer ziemlich holprigen Brücke wurde Xavier schließlich langsamer und bog in eine Straße ein, an der auf einem Schild »Bayou-Immobilien – Privatgelände« stand. Auf dem unbefestigten Weg wirbelten sie Unmengen an Staub auf, und Amalie konnte sich ein Lachen nicht verkneifen.

»Was ist so lustig?«, fragte Xavier, als er auf einen kleinen Parkplatz fuhr und das Motorrad auf einem der vielen freien Plätze abstellte.

»*Immobilien* ist vielleicht ein bisschen überzogen. *Rustikale Hütten* träfe es wohl besser.«

Xavier sah sich nach den etwa zehn Hütten um, die in der Ferne am Rand des Sumpfes standen. »Unterschätze nie die unterschwellige Kraft des Marketings, meine Schöne.« Er drehte sich wieder zu ihr um, seine Augen blitzten. »Um zu akzeptieren, was uns das

Leben gibt, und damit zufrieden zu sein, müssen wir dessen Bedeutung manchmal erweitern oder verändern.«

Guter Gott, war es möglich, dass sie diesen Mann noch mehr für seinen Verstand liebte als für seinen atemberaubenden Körper? Sie musterte ihn gründlich und versuchte dabei so zu tun, als hätte sie in ihren Gedanken über ihn gerade nicht das Wort »lieben« benutzt.

»Hast du das schon mal gemacht?«, fragte sie. »Den Wert von etwas verändert, das du akzeptieren musstest?«

»Klar.«

Ihr Herz geriet ins Stocken. »Wann?«

Er antwortete nicht direkt, sondern schien etwas in seinen Gedanken zu wälzen. Dann sah er an ihr vorbei auf die Straße, auf der sie gekommen waren, und fuhr sich mit der Hand durchs Gesicht. »Als mein Vater gestorben ist.«

Sie hatte davon gehört, aber damals hatten sie sich nicht so nahegestanden, dass sie darüber gesprochen hätten. Mal hoffte, dass das jetzt anders war. Sie kämpfte gegen den Drang, seine Hand zu nehmen. Auf keinen Fall wollte sie etwas tun, was ihn davon abhalten könnte, sich ihr zu öffnen und sich verwundbar zu machen. »Wie hast du da die Bedeutung erweitert? Oder verändert?«

Er atmete angespannt aus und sah Mal wieder an. »Ich hatte zwei Familien.«

Sie brauchte ganze fünf Sekunden, um die Bedeutung dieser Worte zu erfassen, aber dann spürte sie einen tiefen Schmerz in ihrem Inneren. Aristide war seine Familie, und sie selbst vielleicht auch. Und er hatte eine Grenze überschritten, die er nicht hatte überschreiten wollen. »Verstehe.«

»Wirklich?«, fragte er. Im Licht der Nachmittagssonne sah er sie durchdringend an. »Das ist mir nämlich wirklich wichtig.«

Bevor sie antworten konnte, hörten sie das Geräusch eines Wagens, der den Weg entlangrumpelte. Unmengen Staub aufwirbelnd fuhr er Richtung Parkplatz und kam schnell näher. Mals Jägerinstinkte liefen auf Hochtouren, sie packte Xaviers Hand, rannte los und zog ihn mit sich in den Schutz der Bäume am Rand des Sumpfes.

Schweigend beobachteten sie, wie der Wagen schwungvoll auf den Parkplatz schlitterte und stotternd abgewürgt wurde. Als die Tür aufging und eine Frau ausstieg, drehte Mal sich zu Xavier um und flüsterte: »Kommt sie dir bekannt vor? Von einem der Fotos auf dem Stick?«

Er schüttelte den Kopf.

Sie hakte nach. »Bist du sicher? Das muss doch tonnenweise Filmmaterial gewesen sein.«

Er sah sie mit einem schiefen Lächeln an. »Ich habe ein fotografisches Gedächtnis, meine Schöne.«

Ihr Herz schlug höher, und sie murmelte trocken: »Ach ja, natürlich.«

Er lachte leise. »Das kann verdammt unpraktisch sein. Jeder Zentimeter von dir …« Er tippte sich an die Schläfe. »Alles hier oben gespeichert, für immer.«

»Gut.« Jetzt war sie es, die lächelte.

Mit einer Handbewegung forderte er sie auf, ihm zu folgen. »Komm mit.«

»Du hast die Nummer der Hütte?«

»Ich glaube schon.« Im Schutz der Schatten liefen sie am Wasser entlang. »Wenn ich sie nicht vergessen habe.«

Sie stieß ihn spielerisch an und lachte leise, woraufhin er ein tiefes Knurren ausstieß und sie fest an seine Seite zog. Doch als sie sich den Hütten näherten, verstummten beide und liefen flink an den rustikalen Behausungen vorbei, auf jedes Geräusch lauschend und alles wachsam beobachtend. Die mit Fliegengitter versehenen Veranden boten einen Ausblick über die Zypressensümpfe, die jetzt im Licht der Spätnachmittagssonne in einem dunklen Pfirsichton dalagen.

»Sollen wir uns Zutritt verschaffen?« Mal wischte sich den Schweiß von der Stirn. »Oder legen wir uns auf die Lauer, um den Kerl zu schnappen?«

Er sah sie an. »Typisch Jäger, was? Keine Worte verschwenden, immer gleich zur Tat.«

»So bin ich gar nicht«, sagte sie gedämpft, als sie sich der Hütte von hinten näherten. »Ich mag Worte. Sehr sogar. Besonders in meinem Ohr. Und noch lieber dicht an meinen Lippen.«

Leise fauchend drehte er sich zu ihr um und zog sie

in die Arme. Seine eisblauen Augen verengten sich vor Verlangen. »Pass bloß auf, dass ich es nicht noch bereue, dich mitgenommen zu haben.«

»Das wirst du schon nicht.« Mit einem spitzbübischen Lächeln entzog sie sich seiner Umarmung. »Schließlich bin ich die mit der Nase.«

»Und den Augen, dem Mund, dem Knackarsch …«

Sie sah ihn über die Schulter hinweg an und zwinkerte ihm zu, bevor sie flink und lautlos zum Seiteneingang der Hütte rannte. Schon nach wenigen Sekunden stand Xavier hinter ihr und flüsterte ihr ins Ohr: »Und?«

Sie erschauerte. Und das bei über 30 Grad Hitze. »Keiner drin.«

»Keine Körperwärme.«

Grinsend wandte sie sich zu ihm um. »Keine Körperwärme und kein Herzschlag. Sollen wir drinnen warten?«

Er schüttelte den Kopf. »Lieber in einer anderen Hütte in der Nähe. Oder in den Bäumen.«

Sie sah zu den gewaltigen Zypressen hinauf, die über ihnen in die Höhe ragten. »Wenn ich nur Kontakt zu meinem Puma aufnehmen könnte«, flüsterte sie. »Ich hasse es, dass wir uns außerhalb der Wildlands nicht verwandeln können. Das ist so unpraktisch.« Dann senkte sie den Blick wieder und sah ihm in die Augen, ehe sie hinzufügte: »Außerdem hat das Kätzchen ziemlich scharfe Krallen und weiß sie zu benutzen.«

Bei ihrem anzüglichen Tonfall weiteten sich Xaviers Nasenflügel. Er nahm sie an der Hand und zog sie von der Hütte weg zurück zum Sumpf. »Ich glaube, wir halten uns heute von den Bäumen fern«, brummte er. »Komm mit, Mädchen.«

8

»Lügner!«

»Wie bitte?« Xavier würdigte sie keines Blickes, obwohl er sie nur zu gern angesehen hätte. Ununterbrochen, verdammt. Schließlich sah sie heiß aus. Jeans, Tanktop, glatte, gebräunte Haut, auf der ein dünner Schweißfilm schimmerte. Dieses Bild und die Sehnsucht nach dem salzigen Geschmack ihrer Haut brachten seine Zunge zum Zucken. Aber er musste seinen Posten halten, damit ihm nicht entging, wenn jemand zu der Hütte zurückkehrte.

»Du hast gesagt ›keine Bäume‹, und jetzt sieh dir das an«, sagte sie hinter ihm.

Xavier, der im Schutz einer riesigen, umgestürzten Zypresse kauerte, zuckte mit den Achseln. »Aber keiner von uns musste seine Krallen zum Klettern benutzen.« Mit zusammengekniffenen Augen beobachtete er die einige Hundert Meter entfernte Veranda. »Hier sind wir geschützt und können alles sehen, aber niemand sieht uns.«

»In einer dieser Hütten wären wir genauso geschützt gewesen und hätten unseren Kamerakäufer in die Zange nehmen können.«

Xavier sah sich über die Schulter zu ihr um. Oh, verdammt, sie war so schön. Zum Anbeißen. »Du willst es auf dieser Mission bequem haben?«, fragte er.

Ihre Lippen zuckten. »Nein«, gab sie hochmütig zurück. Die Blätter der Zypresse strichen ihr über den Rücken. »Ich meine nur, dass es Alternativen gibt …«

»Wie Teppichboden und Wände und eine Toilette?«

Sie schüttelte den Kopf. »Typisch Kerl.«

»Allerdings«, sagte er. Dann knurrte er leise. »Moment. Was soll das heißen?«

Sie lachte. »Mit dem, was du zwischen den Beinen hast, brauchst du keine Toilette. Aber bei uns Frauen … na ja, sagen wir einfach, es ist eine ziemlich unpraktische Angelegenheit. Jedenfalls wenn wir ohne Fell unterwegs sind.«

Er fiel in ihr Lachen ein. »Ich kann nachfragen, ob hier irgendwo was frei ist. Ach was, ich kann auch einfach ein nettes Paar rausschmeißen, das gerade seine Paarungsnacht feiert. Wenn du dann glücklich bist.«

Plötzlich wurde sie ernst, und ihre Miene wurde ganz weich und sinnlich. Auch ihr Tonfall klang eher verführerisch als neckend. »Du willst mich glücklich machen?«

Himmel, sie brachte ihn um den Verstand. Er ballte die Fäuste, und aus seiner Kehle drang ein tiefes, heiseres Knurren. »Tu nicht so überrascht, Jägerin. Ich rede vielleicht nicht ständig über meine Gefühle und so rührseligen Scheiß, aber tu nicht so, als wüsstest du nicht, welche Wirkung du auf mich hast. Wie sich mein Körper windet und versteift und in Schweiß ausbricht, sobald du auch nur in meiner Nähe bist. Ob ich dich glücklich machen will?« Er lachte düster. »Ich kann an kaum etwas anderes denken.«

Ihr Atem ging schneller, sie errötete, und ihr eindrucksvoller Busen hob und senkte sich.

»Tja, da bist du nicht der Einzige.« Sie sah ihm fest in die Augen.

»Wie meinst du das?«

Ein bedächtiges, sexy Lächeln umspielte ihre Lippen. »Ich kann auch kaum an etwas anderes denken, als mich zu beglücken.«

»Oh, du!« Xavier stieß ein wildes Knurren aus. Er hatte alles um sich herum vergessen – wo er war und warum er hier war. Er stürzte sich auf sie, zwang sie auf dem weichen Moos auf den Rücken. Er fauchte sie von oben herab an und brachte heiser hervor: »Du … oh, verdammt … du …«

Sie sah zu ihm auf. Ihr Atem ging so schwer, dass sie das Wort »Was?« kaum über die Lippen brachte.

»Du machst mich wahnsinnig.«

Sie strich an seiner Brust hinauf. »Gut.«

»Du machst mich wild«, fuhr er fort, die Augen zu schmalen Schlitzen zusammengekniffen, während er die Hüfte und seinen harten Schwanz an ihr rieb.

»Na endlich«, sagte sie grinsend und ließ die Hände in Richtung Taille an seinem Bauch hinabwandern.

Er wusste, wohin sie wollte, und stöhnte auf. »Du machst mich … o Gott, Amalie …«

»Was, Xavier? Sag es. Sag es mir doch bitte.«

»Du machst mich so verdammt glücklich.«

Die Worte waren ihm über die Lippen gekommen, bevor er sie zurückhalten konnte. Was er auch gar nicht gewollt hätte, weil es nämlich die Wahrheit war. Noch nie hatte er sich jemandem so nahe gefühlt. Er wollte sie. Nicht nur sagenhaften Sex für eine Nacht oder drei Nächte, nein. Er wollte sie, ganz und gar und für immer.

Kurz vor seinem Hüftknochen hielt Amalie die Hand still und suchte seinen Bick. In den unglaublich grünen Tiefen ihrer Augen erblickte er ihr Herz und sah, was sie für ihn empfand. Was sie immer empfunden hatte. Und wenn er sich nicht sehr irrte, sah er auch die Spiegelung seines eigenen Herzens.

Plötzlich legte sich ein breites Lächeln auf ihr Gesicht, und sie flüsterte: »Übrigens glaube ich kaum, dass irgendwer hier seine Paarungsnacht verbringt.«

»Warum nicht?« Er umfasste ihr Gesicht mit beiden Händen. Ihr weiches, wunderschönes Gesicht.

»Es ist nicht gerade sehr romantisch. Der Sumpf, das Ungeziefer.«

Er strich ihr mit dem Daumen über die Unterlippe. »Bist du sicher, dass du eine Jägerin bist, Amalie?«

Ihr sanftes, sinnliches Lachen fuhr ihm direkt in den Schwanz. »Ich meine ja nur, wenn man sich paart – oder heiratet, wie die Menschen es nennen –, dann soll die erste Nacht etwas Besonderes sein.«

Mit ernster Miene beugte er sich vor und küsste sie auf die Unterlippe. »Kein Ungeziefer?«, fragte er im Flüsterton.

Sie nickte und hob instinktiv das Kinn. »Vorzugsweise.«

Er küsste sie auf die Oberlippe und fuhr dann sacht mit der Zunge darüber. »Kein Sumpf?«

»Wenn es sich vermeiden lässt«, sagte sie atemlos und schlang die Arme um seine Taille.

Er musste ein Stöhnen unterdrücken, als er ihre Körperwärme auf der Haut spürte. »Und wenn es sich nicht vermeiden lässt?«

Ihr Blick fiel auf seinen Mund, sie leckte sich die Lippen. »Xavier ...«

»Ich glaube nämlich nicht, dass ich es vermeiden kann. Und ich glaube, ich will es auch gar nicht, Jägerin.«

Sie lächelte sanft und anzüglich. »›Meine Schöne‹ für dich.«

»Richtig.« Er küsste sie, und in diesem Kuss lag sein ganzes Begehren und sein Verlangen nach ihr, aber auch so viel mehr. Etwas, das er ihr noch sagen musste. Diese eine, entscheidende Sache, die alles zwischen ihnen verändern würde. Er zog sich ein Stück zurück und sah ihr fest in die Augen. »Ich will dich, Amalie.«

Sie bog den Rücken durch und schnurrte: »Dann nimm mich.«

Sein Schwanz war so hart, dass es wehtat. »Es ist dein erstes Mal.«

»Ich weiß«, sagte sie, hob die Hüften an und rieb sich schamlos an ihm. »Ich will es mit dir erleben. Ich habe immer gewollt, dass du der Erste bist.«

In ihm rangen Lust und Schmerz miteinander. »Das will ich auch. Oh, verdammt …«

»Dann nimm mich«, sagte sie mit rauer, verzweifelter Stimme.

»Jetzt und hier?«

»Ist es wichtig, wo wir sind?«, fragte sie. »Ist es wichtig, wer uns jetzt gerade sehen kann?« Sie fluchte. »Spielt es irgendeine Rolle, ob alles andere warten muss, so lange wir eben brauchen? So lange das zwischen uns eben dauert?«

»Nein, verdammt. Oh, verflucht. Nein.« Sein Mund war ausgetrocknet. Er brauchte sie, brauchte ihre Hitze und die Feuchtigkeit ihres Mundes und die zwischen ihren Beinen. Es war nicht mehr wichtig, wo sie waren, aber eines musste sie begreifen. Sie musste verstehen, worum es hier ging. »Amalie, ich kann dieses Geschenk nicht annehmen, wenn ich es nicht behalten kann.«

Ihre Augen weiteten sich, Verwirrung flackerte darin auf. »Was meinst du damit?«

»Du weißt, was ich meine.« Er richtete sich ein Stück auf und sah ihr unverwandt in die Augen, während er sich zu ihrem Hosenbund vortastete. »Ich will dich. Aber nicht für eine Nacht oder für drei.« Er öffnete den Knopf und zog den Reißverschluss hinunter. »Ich will dich für immer, bis es keine Magie mehr in den Wildlands gibt und wir der Staub sind, auf dem eine neue Spezies lebt.«

Einen Moment lang hörte Xavier nichts als ihren rasenden Herzschlag, das Rauschen des Wassers und den Wind in den Zypressen.

»Ich liebe dich, Amalie«, sagte er mit heiserer, verzweifelter Stimme. »Ach verdammt, ich habe dich immer geliebt. Die anderen sind mir egal, nichts anderes ist mir mehr wichtig. Nicht mehr. Nie mehr.«

Tränen traten ihr in die Augen und ließen sie im Licht der untergehenden Sonne unglaublich laubgrün erscheinen.

»Ich liebe dich auch«, sagte sie. »Aber das weißt du. Das hast du immer gewusst.«

Er nickte. »Sag es«, flehte er beinahe. »Sag es, bevor ich vor Sehnsucht sterbe. Bevor ich dich ausziehe und dich lecke, dich ficke und dich zu meiner Gefährtin mache. Sag mir, dass ich dir gehöre und du mir.«

»Bist du sicher?«, fragte sie, während sie ihre Jeans und Unterwäsche auszog und achtlos fallen ließ. »Für immer ist …«

»Das, was ich mehr als alles andere will, meine Schöne.« Er schob ihr das Tanktop über den Kopf und die BH-Träger von den Schultern. »Nichts und niemand kann das hier aufhalten, niemand kann mich daran hindern, dich für mich zu fordern.« Er sah ihr in die Augen. »Außer dir.«

Schreck fuhr ihm in die Glieder, als Amalie sein T-Shirt an beiden Seiten packte und es mitten entzweiriss. Das Geräusch hallte über den Sumpf hinweg, doch er hörte es kaum. Ihre nächsten Worte übertönten alles.

»Nimm mich, Xavier«, sagte sie mit blitzenden Augen. »Jetzt und für immer.«

In wenigen Sekunden hatte sie ihm den schwarzen Stoff ausgezogen und machte sich an seiner Jeans zu schaffen, noch bevor er die Bewegung überhaupt registriert hatte. Doch kaum hatte er sie bemerkt, war er mit einem Mal wie besessen, übernahm knurrend die Kontrolle, zog seine Jeans aus und schob den Kopf zwischen ihre Schenkel.

Als er ihre feuchte Hitze auf der Zunge spürte, bildeten sich Glückstropfen auf seiner Eichel. Sie schmeckte himmlisch süß wie Honig, und er leckte sie immer weiter. Diesmal nicht behutsam oder zaghaft. O nein. Diesmal wollte er sie verschlingen. Und so, wie ihre Hüften zuckten und sie sich gierig an seinen Mund drängte, schien ihr diese Grobheit zu gefallen.

»O Gott, Xavier«, stöhnte sie. »Ich kann nicht mehr … das ist zu viel …«

Verdammt richtig. Alles war zu viel. Na und? Sie brauchten es beide, brauchten einander. Mehr war gut. Mehr brachte sie zum Beben und Stöhnen. Mehr davon machte ihre Möse so nass und warm und weich, dass er es nicht erwarten konnte, in sie einzudringen.

Sie grub die Hände in seine Haare und die Fingernägel in seine Kopfhaut, als er die Zunge tief in sie schob, um dann an ihrem Kitzler zu saugen.

»Du machst mich wahnsinnig«, flüsterte sie. Dann rang sie nach Luft, als er die Zunge fest auf ihren Lustpunkt drückte und den Kopf auf und ab bewegte.

Xavier spürte das heftige Beben unter seinen Lippen und seiner Zunge. Sein ganzer Körper stand in Flammen, als er ihre Lust schmeckte. Er leckte sie, trank von ihr, ließ aber noch genügend Feuchtigkeit übrig, um ihr empfindsames Fleisch zu bedecken, damit er leicht und mühelos in sie eindringen konnte.

Ein letztes Mal saugte er besitzergreifend an ihrer prallen Klitoris, dann erhob er sich über sie, stützte das Gewicht auf den Ellbogen ab und sah sie an. Schwer atmend, der Blick voller Lust und tiefem Verlangen, schlang Amalie die Beine um seine Taille und fuhr ihm mit der Zungenspitze schamlos und verführerisch vom Kinn bis zur Nase.

»Mmmm«, machte sie und sah ihm in die Augen. »Auf dir schmecke ich gut.«

Der Mann in Xavier starb.

Und das Tier in ihm trat an die Oberfläche und übernahm die Kontrolle. Sein Schwanz drängte sich ihr entgegen, die Eichel hart und feucht von den Glückstropfen. »Du gehörst mir«, knurrte er.

Sie nickte. »Ich bin dein.«

Und dann drang er in sie ein.

Er war tief in ihr.

Atemberaubend tief.

Jeder dicke, harte Zentimeter von ihm steckte herrlich tief in ihr, so weit es ging, und nichts – *nichts* – hatte sich je so aufregend angefühlt. Sie spürte keinen Schmerz, sondern fühlte sich nur auf sagenhafte Weise ausgefüllt. Gott, sie waren wirklich füreinander geschaffen. Das hatte sie schon gewusst, als sie ihn zum ersten Mal gesehen hatte. Doch damals war sie zu jung gewesen, um die Verbindung zwischen ihnen zu begreifen, und so war dieses Gefühl als sinnliches Begehren und Hoffnung auf die Zukunft zutage getreten.

Doch als er sich jetzt in ihr bewegte und sie mit seinem Körper in Besitz nahm, als er ihr in die Augen sah und eins mit ihr wurde, da verstand sie die wahre Symmetrie der Liebe. Er und sie. Selbst in ihren Pumagestalten würden sie um diese Verbindung wissen und sie spüren.

»Ich liebe es«, sagte er mit rauer Stimme und knabberte an ihrer Lippe, während er sanft in sie drang, um ihren Körper auf die heftigen, besitzergreifenden Stöße vorzubereiten, die diesem jetzt bevorstanden.

Schließlich war er ein Pantera. Natürlich konnten sie sich sanft lieben. Aber es war nur eine Frage der Zeit, bevor das Tier in ihnen durchbrach, rasend vor Lust wurde, angriff und die Kontrolle über den Sexualtrieb übernahm.

Und weil Mal ebenfalls eine Pantera war, konnte sie nicht warten.

»Ich liebe es, in dir zu sein.« Er senkte den Kopf, nahm ihre harte Brustwarze in den Mund und saugte fest daran. Als sie keuchte und er den Schwall feuchter Hitze in ihrem Inneren spürte, stieß er ein Knurren aus. »Dich zu küssen, an deinen süßen, rosa Brustwarzen zu lutschen. Und zu spüren, wie du dich dann jedes Mal eng und heiß um meinen Schwanz schließt.«

Als sie seine Worte hörte und seinen Atem auf ihrer feuchten Brustwarze spürte, wäre Mal fast schon wieder gekommen. Doch sie kämpfte dagegen an. Dieses Mal wollte sie es mit ihm zusammen erleben.

Lächelnd sah er auf. »Und verdammt, meine Schöne, ich liebe dich.«

Mal wusste nicht, ob es an seinen Worten lag, an seiner Stimme oder daran, wie sich seine eisblauen Augen zu sinnlichen, gefühlvollen blauen Seen gewandelt hatten, doch sie konnte sich nicht bremsen. Sie setzte ihre Jägerinnenkraft ein, stemmte die Hände gegen seine Hüften und schob ihn von sich, bis seine Erektion aus ihr herausglitt, und drehte sich auf den Bauch.

»Fick mich«, forderte sie und kam auf Hände und Knie. »Fick mich hart und tief, bis wir beide kommen. Hier draußen, unter dem freien Himmel am Bayou. Genau so sollst du mich nehmen, so will ich deine Gefährtin werden. Meine Muschi kann nicht länger warten – die, die für dich schnurrt, und die, die du gerade vor dir siehst.«

Xavier sagte kein Wort. Vielleicht konnte er nicht.

Vielleicht war sein inneres Tier genauso dicht an der Oberfläche wie ihres, fauchend und um sich schnappend. Aber es dauerte keine Sekunde, bis er hinter ihr war und sie seinen dicken, steinharten Schwanz spürte.

Diesmal drang er nicht sanft in sie ein.

Gott. Sei. Dank.

Er wusste genau, was sie wollte, und das gab er ihr. Er packte sie an den Hüften und ritt sie hart, drang so tief in sie ein, dass sie stöhnte und wimmerte und die Hüften kreisen ließ, um ihn aus jedem Winkel spüren zu können. Schockwellen der Lust überrollten sie. Wie konnte etwas so Primitives nur so schön sein? So unfassbar berauschend? Sie wollte weinen und schreien und lachen und ihm sagen, dass er niemals aufhören durfte. Dass er sie als ihr Gefährte für den Rest ihres Lebens jeden Tag und jede Nacht so vögeln musste. Doch ihr blieb die Stimme weg. Sie hatte sich ganz an ihn verloren.

Und dann spürte sie es. Dieses unglaubliche, magische Etwas, von dem sie bisher nur von ihren Pantera-Freundinnen gehört hatte. Das Zeichen eines echten Gefährtenbundes. Sie spürte seine Krallen an der Hüfte, und als er in sie stieß und sie innerlich dehnte, kennzeichnete er sie. Sie schrie auf vor Schmerz, vor Lust und vor Überwältigung, weil ein so lange gehegter Traum wahr wurde.

»Ich liebe dich, Amalie«, sagte er mit einem grimmigen Knurren.

Er stieß so tief in sie, dass sie nach Luft rang, und legte die Hand von vorn zwischen ihre Beine. Mit zwei Fingern drückte er ihren Kitzler, und Mal kam. Sie krampfte sich um seinen Schwanz zusammen und verlor jede Kontrolle über ihren Körper, als sich sein heißer Samen in sie ergoss.

9

Nach dem Sex des Jahrhunderts wieder in der Realität anzukommen war gar nicht so leicht.

Xavier zitterte. Herrgott, wie er zitterte. Und sein Schwanz war immer noch hart. Noch nie hatte er etwas Vergleichbares erlebt. Eine Paarung mit Amalie. Sie war jetzt sein Ein und Alles. Sein Leben, seine Luft zum Atmen, sein Augenlicht und der Grund, morgens aufzuwachen und jeden Abend … guter Gott … ins Bett zu gehen. Als er sie ansah, ihren wundervollen, nackten Körper, ihre verschwitzte, gerötete Haut und ihren Unterleib, auf dem die Spuren ihres gemeinsamen Höhepunkts glänzten, wollte er es gleich noch mal mit ihr tun.

Wieder und wieder.

Verflucht, am liebsten hätte er sie nie mehr in die Wildlands zurückgebracht, wo andere Männer sie sehen konnten. Er wusste, dass das ein irrationaler Gedanke war, und hatte nicht vor, ihn auszusprechen. Aber er war da. O ja, und wie er da war.

Doch er hatte etwas gespürt. Seine Pantera-Instinkte setzten sich gegen das postorgasmische Zittern durch. Ein Mann. Menschlich. Ganz in der Nähe des Bayous.

Mit zusammengekniffenen Augen ließ Xavier den Blick suchend über das Gras, die Bäume und die ruhige Wasseroberfläche gleiten.

»Ich rieche ihn auch«, sagte Amalie. Der wachsame Blick der Jägerin war in ihre Augen zurückgekehrt. Sie nahm ihre Kleider und zog sich hastig an. »Vielleicht nur ein neuer Gast, aber falls nicht, müssen wir bereit sein.«

In weniger als zehn Sekunden hatte Xavier sich angezogen, ohne die Hütte aus den Augen zu lassen. »Ich sehe ihn nicht. Ich sehe niemanden.«

»Auf dem Bayou«, flüsterte Amalie.

Xavier drehte sich zum Sumpf um. »Zum Teufel, was ist das?«

Die Oberfläche des Bayous war jetzt von schwerem Nebel bedeckt, und eine tief hängende Wolke trieb auf sie zu. Sie wogte auf und ab und schien in der Mitte ein Auge wie ein Tornado zu haben. Xavier trat vor und stellte sich zwischen Amalie und die über einen Meter hohe und drei Meter breite Masse aus weißem Nebel. Er wusste nicht, was da auf ihn zukam, aber er würde es nicht in die Nähe seiner Gefährtin lassen.

Als der Nebel das Ufer erreichte und aus dem »Auge« ein Mann hervortrat, rang Amalie leise nach Luft. »Heilige Scheiße.«

Aus seinem Versteck zwischen den Ästen des riesigen Baums starrte Xavier den Mann fasziniert an, war aber bereit, jeden Moment zuzuschlagen. Das war ein Mensch, der da nur drei Meter an ihnen vorbeilief, und doch war er ganz eindeutig noch sehr viel mehr. Und als er an der Hütte ankam und die Fliegengittertür öffnete, sagte Xaviers Bauchgefühl ihm, dass er nicht nur den Kamerakäufer gefunden hatte, sondern vielleicht sogar den Schamanen Chayton.

Offenbar dachte Amalie dasselbe, denn sie drängte sich an ihm vorbei und rannte hinter dem Mann zur Hütte. Fluchend verließ auch Xavier den Schutz des Baumes und folgte ihr. Als er bei ihr war, hatte sie den Mann gerade auf der Veranda in die Ecke gedrängt.

»Wer bist du?«, wollte sie wissen.

Xavier stellte sich an die Seite seiner Gefährtin. »Ich glaube, das ist der Mann, den wir suchen, Amalie.« Er musterte den verwirrten und ängstlichen älteren Mann. »Chayton, nehme ich an?«

»Isi ist in den Wildlands?«, wiederholte er zugleich erschrocken und freudig überrascht. »Oh, den Göttern sei Dank.«

Mal nickte. Sie saß dem Mann gegenüber, der gerade wie ein Geist aus dem Bayou entstiegen war – Chayton. »Du hast es nicht gewusst?«

Er schüttelte den Kopf, seine fast schwarzen Augen wurden weicher. »Ich konnte sie nicht finden. Ich habe mir solche Sorgen gemacht …«

»Weil sie nicht in ihrem Laden war?«, fragte Mal. »Weil sie nicht mehr auf den Bildern der Kamera aufgetaucht ist, die du dort versteckt hast?«

Einen Moment lang sah er sie an und suchte ihren Blick. Dann nickte er. »Ja, das stimmt. Ich wollte mich vergewissern, dass sie in Sicherheit ist, auch wenn es für mich zu gefährlich war, persönlich auf sie aufzupassen. Sie ist meine Tochter, ich liebe sie.«

»Dann komm mit in die Wildlands, um sie zu sehen«, sagte Mal schnell.

Es war, als würde ein eisiger Wind über die Veranda fegen. Chayton schüttelte den Kopf. »Das ist unmöglich.«

»Du verstehst nicht, wie wichtig es ist.« Xavier, der neben Mal saß, hatte ihr schützend die Hand ins Kreuz gelegt. »Einer der größten Feinde der Pantera gewinnt an Macht.«

In den dunklen Augen glomm eine andere Art von Feuer. »Du sprichst von Shakpi.«

Mals Herz geriet ins Stolpern. »Du weißt Bescheid?«

Der Mann strich sich den langen schwarzen Zopf über die braun gebrannte Schulter und nickte. »Natürlich weiß ich Bescheid. Mir ist der Verdacht gekommen, dass ich womöglich selbst unbeabsichtigt das Portal geöffnet habe.«

Mal wandte sich an Xavier, der ihr einen besorgten Blick zuwarf, ehe er sich wieder an Chayton wandte. »Wie das?«

»Das ist nicht wichtig.«

»Natürlich ist es das«, sagte Mal schroff. »Man

gibt Isi die Schuld daran. Die Ältesten behaupten, deine Vision würde beweisen …«

»Diese verdammte Vision«, sagte Chayton aufgebracht. »Sie hat so viel kaputt gemacht, so viele Leben zerstört. Das Blut des erstgeborenen Kindes des Schamanen *soll von Shakpi infiziert sein und ihre Macht über das Land der Pantera bringen.*« Er stand auf und trat an das Fliegengitter auf der Bayouseite der Veranda. Die Sonne war untergegangen, und der Himmel gab sich der Dämmerung hin. »Das bedeutet nicht, dass es Isi vorherbestimmt ist, den Wildlands zu schaden. Schließlich wurden die Wildlands aus dem Blut von Shakpi *und* Opela geschaffen, und das Verderben des Landes hat schon lange vor Isis Geburt begonnen.« Er sah sich zu ihnen um. »Wenn ihr einen Schuldigen für die Verbreitung des Gifts sucht, solltet ihr euch an eure Ältesten wenden, die so erpicht darauf waren, mithilfe meiner Kräfte Kontakt zu den Geistern aufzunehmen.«

Mal konnte seinen Zorn und seine Angst verstehen. Aber im Moment brauchten sie seine Hilfe. Allen voran seine Tochter. »Du glaubst, dass dein Kontakt mit den Geistern den Schaden verursacht hat?«

Er seufzte. »Ich fürchte, dass durch diese Verbindung unbeabsichtigt das Portal geöffnet wurde, über das Shakpi mit dieser Welt in Berührung gekommen ist.«

Xavier stand fluchend auf. »Dann musst du mit uns zurückkommen und es wieder schließen.«

Bebende Wut durchfuhr Chayton, und seine hageren Züge verspannten sich. »Nein. Es ist zu gefährlich. Dieser Sumpf wird durch einen starken Zauber geschützt. Wenn ich ihn verlasse, werden sie mich finden.«

»Wer?«, fragten Xavier und Mal gleichzeitig.

»Shakpis Anhänger. Sie werden mich zwingen, das Portal zu Shakpis Gefängnis ganz zu öffnen.«

»Wir lassen nicht zu, dass sie dich kriegen«, sagte Xavier entschlossen. »Komm mit uns. Mach diesem Albtraum für uns alle ein Ende.«

Er schüttelte den Kopf. »Tut mir leid.«

Seine Resignation weckte in Mal den Mut der Verzweiflung, und sie versuchte es mit einer anderen Taktik. »Dann komm wenigstens mit uns, um deine Töchter zu sehen.«

Sein Gesicht wurde völlig ausdruckslos. »Töchter?«

Sie ging zu ihm und legte ihm eine Hand auf den nackten Arm. »Ashe ist auch dort, Chayton.«

»Was?« Das Wort war so leise, dass es kaum zu hören war.

»Sie ist die Gefährtin eines Pantera.«

Tränen traten in seine dunklen Augen und ließen sie wie polierte Steine glänzen. »Ashe«, sagte er. »Ich habe sie nicht mehr gesehen, seit …« Er schüttelte den Kopf, die Emotionen schnürten ihm die Worte ab.

»Sie ist schwanger.«

Seine Augen weiteten sich. »Nein.«

»Doch«, bestätigte Xavier, stellte sich neben Mal und nahm ihre Hand. »Das erste Junge seit so vielen Jahren. Es ist ein Wunder.«

Mal drückte die große, warme Hand ihres Gefährten. Sie lächelte den Schamanen an und sagte: »Sie brauchen dich, Chayton. Wir alle brauchen dich.«

10

Es war Nacht in den Wildlands, und auch wenn der Duft der Dyesse-Seerose noch an allem haftete, was Blätter oder Moos hatte, hatte der strahlende Mond über ihnen wieder sein normales Weiß angenommen. Er schien auf sie herab und leuchtete ihnen den Weg, während sie in ihrer Pumagestalt Seite an Seite zwischen Bäumen hindurch und über Felsen in die Stadt rannten. Xavier trug Chayton auf dem Rücken, nachdem sie das Motorrad in der Nähe der Grenze abgestellt hatten, und Amalie hielt angestrengt Ausschau, ob ihnen jemand oder etwas folgte.

Als sie die letzten Gebüsche durchbrachen und in die Stadt kamen, merkte Xavier, dass der Mann auf seinem Rücken zitterte. Er konnte Chayton dessen Ängste und Sorgen nicht verdenken. Im Gegenteil, er konnte sie sogar gut verstehen, wenn er daran dachte, was ihm selbst bevorstand, wenn Aristide aus der Quarantäne entlassen wurde und von dem Gefährtenbund zwischen ihm und Amalie erfuhr. Aber wenn man sich den Herausforderungen und Gefahren nicht stellte, konnten sie leicht außer Kontrolle geraten. Handeln war immer besser als davonlaufen.

Neben ihm wurde Amalie langsamer und knurrte,

als zahlreiche Pantera in Menschen- und Tiergestalt aus ihren Häusern kamen, um die Ankunft des Schamanen zu sehen. Offenbar war die SMS, die er Raphael und Parish geschickt hatte, angekommen. Es hätte ihn nicht überrascht, wenn vor dem Eingang zur Klinik die Ältesten gewartet hätten, dürstend nach Blut und Informationen.

Doch die einzigen Pantera, die vor der Klinik standen, waren Raphael, Parish und Isis Gefährte Talon. Im nüchternen Mondlicht wirkten ihre Mienen angespannt und besorgt, und Xavier stieß ein kurzes warnendes Knurren aus. Chayton war hier, um ihnen zu helfen und um seine Töchter zu sehen. Es kam nicht infrage, dass sie ihm Angst einjagten oder etwas von ihm verlangten, noch bevor er richtig in den Wildlands angekommen war.

Raphael fing den Blick seines Pumas auf und nickte knapp als Zeichen, dass er verstanden hatte, bevor er sich an Chayton wandte. »Gut, dass du da bist.«

»Ich möchte meine Töchter sehen«, sagte Chayton und stieg von Xaviers Rücken.

»Natürlich.« Doch in Raphaels Stimme lag der warnende Unterton eines eifersüchtigen Mannes. »Ashe ist meine Gefährtin.«

Einen Moment lang sagte Chayton nichts. Er sah sich nach Xavier und Amalie um, die ebenfalls in ihrer Pumagestalt blieben, lächelte ihnen angespannt zu und wandte sich dann wieder an Raphael. »Meinen Glückwunsch.«

Offenbar waren das genau die richtigen Worte. Die Anspannung wich aus Raphaels Körper, und ein breites Lächeln legte sich auf sein Gesicht. »Gleichfalls«, sagte er und deutete auf die Klinik. »Komm mit, deine beiden Töchter sind hier.«

Beide, dachte Xavier, während er zusah, wie Chayton hinter den drei Panteramännern die Treppe hinaufging. *Wenn Isi bei Ashe ist, ist sie nicht mehr in Quarantäne. Was heißt, dass Aristide ...*

Ein Knurren durchdrang die Luft. Ein Knurren, das Xavier nur zu gut kannte. Schon Tausende Male hatte er es an seiner Seite gehört. Er sah auf. Chayton und die drei Pantera waren verschwunden, und vor der Kliniktür saß jetzt etwas, das weit mehr Probleme versprach: ein riesiger hellbrauner Puma mit blitzenden schwarzen Augen. Amalie rannte auf ihn zu, doch Xavier fauchte, um sie zurückzuhalten. Sicher, sie war Aristides Schwester, aber sie war auch Xaviers Gefährtin, und er würde beschützen, was ihm gehörte, ganz egal, was – oder wer – ihre Beziehung bedrohte.

In einem Farbenwirbel nahm Xavier seine Menschengestalt an. Stilecht verwandelte sich Aristide im Laufen, während er auf seinen Freund zuging. Sie waren etwa gleich groß, beide breitschultrig und muskulös. Nur war Xavier dunkelhaarig mit hellen Augen, während Aristide helle Haare und dunkle Augen hatte.

Neben Xavier verwandelte sich Amalie ebenfalls.

Und sie wartete nicht ab, bis einer der beiden Männer etwas sagte. »Du hast kein Recht, sauer zu sein, Aristide«, fing sie an. »Du weißt, dass ich schon immer in diesen Mann verliebt war. Niemand wird mich glücklicher machen als er. Niemand wird mich mehr lieben oder mich entschlossener beschützen oder …«

»Schon gut, meine Schöne.« Xavier stellte sich vor sie und sah Aristide an. Das hier war sein Kampf, war sein bester Freund und sein Verrat an ihm. »Ich liebe sie, und ich habe sie zur Gefährtin genommen.«

Aristide sah ihn mit seinen schwarzen Augen an und zog die hellen Augenbrauen hoch. »Du hast sie zur Gefährtin genommen?«

Xavier nickte. »Dazu gibt es keine Entschuldigung und keine Fragen. Aber ein Versprechen. Ich werde sie glücklich machen.«

Ein paar Sekunden lang starrte der Mann mit den dunklen Augen ihn nur an. Dann zuckte er kaum merklich mit den Achseln, und ein breites Lächeln legte sich auf seine Züge. »Das weiß ich.« Sein Lächeln wurde noch breiter. »Bruder.« Lachend schloss er Xavier in die Arme. »Mann, wie lange habe ich darauf gewartet, dich wirklich so nennen zu können.«

»Du altes Arschloch«, murmelte Xavier und klopfte ihm auf den Rücken. »Wie lange hast du schon gewusst, dass da etwas ist?«

»Na, immer schon, Kumpel.«

Xavier lachte. »Dann mach dich auf unsere Kündigung gefasst. Sie wird ausziehen. Oder du.«

»Na endlich. Darauf warte ich ja schon ewig.« Aristide trat einen Schritt zurück und lächelte seine Schwester an. »Nimm du das Haus, Schwester. Gründet dort eine neue Familie.«

»Unglaublich«, sagte Amalie. Sie sah ihren Bruder grimmig an, ließ sich aber von ihm umarmen. »Wenn ich das gewusst hätte, hätte ich Xavier schon viel früher verführt.«

Aristide versteifte sich, und Amalie trat zurück. Jetzt war sie es, die lachte. Sie winkte ihm zu. »Nacht, *Bro.*«

Während sie davonging, hörte sie, wie ihr Bruder Xavier anknurrte. »Halt! Was hat sie gesagt? Sie hat dich verführt?«

»Verdammt richtig. Das Beste, was mir je passiert ist«, sagte Xavier, und in seiner Stimme lag ein Grinsen. »Bis später, A.«

Amalie hatte kaum das Ende des Weges erreicht, als Xavier hinter ihr auftauchte und sie auf die Arme nahm. Sie quietschte vor Freude.

»Wohin bringst du mich, mein Gefährte?«, fragte sie und sah zu ihm auf.

Sein Lächeln war breit und anzüglich, und in seinen Augen loderte im Mondschein ein blaues Feuer. »Nach Hause, meine Schöne.«

»Meins oder deins?«

Er küsste sie und knurrte an ihren Lippen. »Es gibt kein Mein und Dein mehr. Nur noch Unser. Das bedeutet das Zeichen an deiner süßen Hüfte.«

Bei seinen Worten überlief sie ein Kribbeln, und ihr Herz zog sich zusammen. So lange hatte sie sich das gewünscht, darauf gehofft, und jetzt gehörte er endlich ihr. Die Liebe ihres Lebens.

»Wir haben es nicht eilig, Xavier«, sagte sie kichernd, als er mit großen Schritten durch die Stadt zu ihrem Haus ging. »Wir haben so viel mehr Zeit als nur drei Tage. Wir haben alle Zeit der Welt. Ein ganzes Leben.«

Aber er wurde nicht langsamer, sondern beschleunigte seine Schritte sogar noch. »Ich brauche dich jetzt, meine Schöne«, sagte er heiser. »Ich will dich nach Hause tragen und in unser Bett bringen. Ich will dich ausziehen und jeden Zentimeter von dir lecken.« Er knurrte. »Dieser Quickie im Sumpf hat mich erst richtig heiß gemacht.«

Ihr wurde am ganzen Körper heiß. »Das war ein Quickie?«, fragte sie mit erstickter Stimme.

Er schmunzelte leise und sexy. »O ja.«

Seufzend kuschelte sie sich enger an seine Brust, als er durch das Gartentor vor ihrem Haus, ihrem gemeinsamen Zuhause, eilte. »Oh, ich habe noch so viel zu lernen, Xavier.«

»Und ich kann es kaum erwarten, es dir beizubringen, meine Schöne.« Mit einem wilden Fauchen trat er die Tür ein. »Keine Sorge, ich reparier sie später.«

»Viel später«, stichelte sie.

»Morgen«, sagte er heiser auf dem Weg durch den Flur.

Sie grinste, als sie ins Schlafzimmer kamen. »Nächste Woche.«

Er warf sie aufs Bett und knurrte. »Nächstes Jahr.«

Und dann war er über ihr und küsste sie, und lange Zeit sagte keiner von beiden mehr etwas.

Als Seher, Schamane und Mensch mit außergewöhnlichen Kräften wusste Chayton instinktiv, wozu er fähig war und wozu nicht.

Aber das spielte keine Rolle.

Nicht heute.

Die Pantera hatten sich auf dem Platz versammelt. Dem Platz, auf dem sie erst vor wenigen Nächten die Geburt ihrer Art gefeiert hatten. Ashe hatte ihm davon erzählt, herrliche Geschichten vom Tanzen und Feiern, und ihn dann angefleht, ihr und den Pantera zu helfen, diese wundervolle Tradition zu bewahren. Vielleicht sogar ihre Existenz. Alle wollten, dass er dem Einhalt gebot, was mit ihrem Land geschah, und alle glaubten sie, Shakpis Kräfte seien daran schuld. Ob das stimmte, wusste er nicht. Aber er wusste, dass er einen Teil zu dieser Situation beigetragen hatte. Und wenn er nicht versuchte, das wiederherzustellen, was womöglich durch seine Hand zerstört worden war, würde seine Tochter für immer dieses Stigma tragen.

Das konnte er nicht zulassen.

Er hob den Blick und sah sie an. Isi. Und neben ihr eine sehr schwangere Ashe. Wunderschön sahen sie aus, wie sie sich an den Händen hielten und ihn anschauten. So hoffnungsvoll. Ein schmerzhafter Gedanke durchfuhr ihn, schwächte ihn und seinen Entschluss. Einmal hatte er als Vater versagt, doch das würde nicht noch mal passieren.

Er kniff die Augen zu und rief die Geister seiner Vorfahren an. Düstere Gedanken, Bedürfnisse und Wünsche sickerten durch sein Blut. Ja, da war sie, tief unter ihm, sie wollte sich erheben, wollte frei sein. Unwillkürlich ballte er die Fäuste, zwang sich aber sogleich, sie wieder zu lösen. Luft strich über seine Haut, und er gestattete seiner Seele, den Körper zu verlassen. Alle Geräusche hörten auf, sogar sein Herzschlag, und er fiel. Tief und immer tiefer. Weit unter die Wildlands, hinab in ihr Gefängnis. Sofort spürte er, wie sich Wut und Zorn und Traurigkeit auf seinen Geist legten, doch wieder zwang er sich, sich zu entspannen und wie Wasser zu sein.

Das Portal konnte man nicht mit den Augen sehen, sondern nur mit der Seele, doch Chayton wusste genau, wo er danach suchen musste. Durchströmt von der Energie seiner lange verblichenen Vorfahren drückte er auf das klaffende Loch, die Wunde, in Shakpis Gefängnis. Wie erwartet, wurde der Druck erwidert.

Chayton bewahrte die Ruhe, er ließ sich wie eine Welle auf dem Wasser seines Unterbewusstseins treiben und drückte noch einmal. Doch dieses Mal geschah etwas Seltsames. Ihm war, als würde es in seiner Seele knacken, als würden in seinem Geist Blitze explodieren. Er wurde in die Höhe geschleudert, aus dem Erdreich hinauf in den Himmel.

Er spürte, wie die magische Verbindung zu seinem Körper abriss. Doch nun war es zu spät, um sie wiederherzustellen. Jetzt konnte er nur von oben aus zusehen, wie winzige Lichtpartikel aus der Erde aufstiegen.

Die Menge hielt den Atem an, einige wichen zurück, andere rückten vor. Dann stießen die Lichtpartikel einen ohrenbetäubenden Schrei aus, umhüllten Chaytons Körper und drangen in ihn ein.

Chayton, der auf das Chaos unter sich hinabblickte, konnte nichts weiter tun, als seinen Fehler zu betrauern. Jedenfalls bis er sah, wie sein Körper die Augen aufschlug und sich seine Lippen zu einem listigen Lächeln verzogen.

»Ich bin frei«, erklang eine unirdische Stimme.

Wieder rang die Menge nach Atem. Doch dazwischen hörte Chayton das Wort, den Namen, den er mehr als alles andere fürchtete, ausgesprochen von einem einzelnen Pantera.

»Es ist Shakpi.«